KB079330

위너노트

위너노트

위너가 되는 글쓰기

알파(최지훈) 지음

글쓰기를 통해 새로운 나를 만날 수 있다

달리기를 열심히 하면 땀이 나고 상쾌한 기분이 들면서 엔도르핀이 돈다. 생각이 담긴 글을 열심히 써 내려가다 보면 달리기할 때와 같은 엔도르핀을 느낄 수 있다.

좋은땅

추천사

최근 오픈AI사에서 발표한 인공지능이 화제가 되었었습니다. 바로, 텍스트를 해석하여 영상을 만들어 주는 SORA라는 AI였습니다.

영상에서는, 프롬프트에 '한 세련된 여성이 따뜻하게 빛나는 네온사인과 움직이는 도시'와 같은 장면을 묘사한 텍스트를 입력하였습니다. 그러자, 그에 맞춰서 몇 분 만에 마치 영화의 한 장면 같은 1분짜리 영상을 생성해 주었습니다.

그러자, 모습을 본 사람들은 감탄을 금치 못하면서, 영화산업은 물론, 광고 업계, 크리에이터 시장에 엄청난 지각변동이 일어날 것이라는 말을 전하는 것이 내용이었습니다.

그런데, 영상을 보다 보니 재미있는 현상을 발견했습니다. 바로, 이 AI를 자유자재로 활용하기 위해서는 프롬프트에 장면에 대한 묘사를 세심하게 해 주어야 한다는 것이었습니다.

예를 들어, 그냥 '걷는다'가 아닌 '자연스럽게 걷는다.'라든가, '화려한 조명'이 아닌 '길은 반사되고 촉촉하여 화려한 조명이 반사되는'과 같이 마치 한 편의 소설이나 시나리오를 쓰듯 텍스트로 묘사를 해야 한다는 것이었습니다.

텍스트로 묘사를 하거나 현상을 설명하는 일은 결코 쉽지 않습니다. 얼마나 풍부한 형용사와 부사를 알고 있는지, 그리고 그것을 얼마만큼 적재적소에 쓸 수 있는지에 따라 같은 내용이라도 생생함이 다르기 때문입니다.

그만큼, 텍스트를 많이 읽어야 하고 많이 써 봐야 단어와 글자가 체득이 됩니다. 하지만, 아이러니하게도 대중은 반대로 가고 있는 것 같습니다.

무슨 말이냐 하면, AI를 생산 도구로 삼아서 돈을 벌고 싶은 사람은 거꾸로 글을 배워야 합니다. 왜냐하면, 우리가 지금 쓰고 있는 이 글이 곧 AI를 움직이는 프롬프트, 명령어이자 코드이기 때문입니다.

하지만, AI를 소비하는 사람들은 갈수록 글을 읽지 않고 영상만 보고 있습니다. 그러면서, 점점 글을 읽어도 이해를 못 하는 문맹이 되어 가고 있는데요. '심심한 위로'를 건넨다고 하니 왜 위로를 심심하게 하냐는 식이 그 반증입니다.

이러한 시대의 변화를 보면서 체감하는 것은, AI로 돈을 버는 소수는 점점 글에 집착을 하는 반면, 대중은 점점 영상에 빠지면서 문맹이 되어 가는 간극이 커지고 있다는 생각입니다. 즉, 생각과 말을 글을 전달할 수 있는 능력이 부의 열쇠가 될 것이라는 확신이 들었습니다.

이 책은 그러한 의미에서 미래의 부를 얻을 수 있는 단서와 같습니다. 저자는 100일간의 실험을 통해서 글쓰기 능력을 향상시킨 경험을 세세하게 전달하면서 어떻게 하면 글을 잘 쓸 수 있는지 간증합니다.

좋은 글을 쓰기 위해서 어떤 준비운동을 해야 하는지, 글이 잘 안 써질 때는 어떻게 극복해야 하는지, 고쳐 쓰는 방법, 매력 있게 쓰는 방법, 그리고 AI 시대의 글쓰기까지 다양한 각도로 실험한 바를 알려 주면서 독자로 하여금 자연스럽게 펜을 잡아 보도록 말을 건넵니다.

만 7년 동안 매일 글을 쓰고 있고 두 권의 책을 낸 저자로서, 이러한 그의 글쓰기 실험을 지지하며 공감합니다.

모든 일이 그렇듯이, 첫술에 배부른 글쓰기는 없습니다. 마치, 처마 밑에서 한 방울, 한 방울 떨어지는 낙수가 결국 주춧돌에 구멍을 내듯이, 지난한 매일의 한 줄 쓰기가 모여 1만 자의 책이 됩니다.

산티아고 순례길과 같은 이 긴 여정을 어떻게 시작을 할지 고민하는 분에게 신발끈을 동여매는 계기가 되기를 바라 봅니다.

대치동 키즈(『내 집 없는 부자는 없다』, 『부동산 하락장에서 살아남기』 저자)

* * * * * * *

저는 고등학교 때 수학을 『수학의 정석』을 통해서 공부하였습니다. 모든 것은 기본이 가장 중요하다는 생각으로 기본으로 꽉 차 있는 『수학의 정석』을 수없이 반복해서 읽고 풀었고, 수능에서도 좋은 점수를 받을 수 있었습니다. 『수학의 정석』은 저에게 기본이 가장 중요하다는 것을 알게 해 주었습니다.

알파님이 쓰신 『위너노트(위너가 되는 글쓰기)』는 온라인 글쓰기를 시작하는 사람들이 알면 좋을 기본적인 내용을 풍부하게 풀어 내었습니다. 저는 무언가를 해 보지 않은 사람들이 말하는 것을 믿지 않습니다. 하지만 자신이 직접 경험을 한 것을 이야기하는 사람들에게는 많은 것을 배울 수 있다고 생각합니다. 알파님은 수년간 자신의 블로그에 꾸준히 글을 쓰면서 글쓰기의 힘을 직접 경험하신 분이고, 우리는 그 과정에서 그가 배우고 느낀 것을 이 책을 통해 습득할 수 있습니다.

그는 글쓰기가 삶을 변화시킨다는 것을 아는 사람입니다. 글쓰기를 삶으로 녹여내고 삶을 글쓰기로 녹여낼 수 있는 사람입니다. 알파님의 책을 통해서 온라인 글쓰기의 방법을 엿보고, 글을 쓰는 아름다운 삶을 사시는 분들이 많아지셨으면 좋겠습니다.

부아c(『부의 통찰』, 『부를 끌어당기는 글쓰기』 저자)

* * * * * * *

저자와 마찬가지로 나 또한 글쓰기로 삶의 상당 부분이 바뀐 1인이다. 디지털 매체, 특히 영상이 텍스트를 대체하는 시기에 책을 읽고 글을 쓴다는 것 자체가 무의미하게 느껴질 수 있다. 그래서 더욱더 전략적으로 글을 써야 하고, 이왕이면 다수가 공감할 수 있는 글을 꾸준히 남겨야 한다. 글을 통해 자기 스스로를 돌아보고, 그 글이 제3자에게도 큰 도움이 된다는 사실을 이해할 수 있는 사람은 많지 않다.

그 높아 보이는 글쓰기의 벽. 누구나 처음은 한 줄 쓰기에도 벅차지만 『위너노트』에 나온 수많은 글쓰기 팁을 활용하여 꾸준함을 더한다면 누구나 감명 깊은 글을 남길 수 있다.

저자의 마지막 문구가 머리에 박힌다. "당신이 글쓰기를 통해 기쁨과 행복 그리고 재미를 느끼게 되길 간절히 바라 본다."

『위너노트』를 통해 나 자신과 내 글을 읽는 분들에게 보다 큰 감명을 주는 사람이 되어 보는 건 어떤가? 여러분도 글쓰기의 매력에 흠뻑 빠졌으면 좋겠다.

루지(『월급쟁이 부자의 머니 파이프라인』 저자)

* * * * * * *

알파님의 글은 담백하다. 솔직하다. 간결하여 술술 읽힌다. 그러나 그 안에는 핵심이 담겨 있다. 그 메시지는 매번 나에게도 울림을 주고 배울 점을 가져다준다. 마치 마음의 문을 열고 들어간 듯한 편안함과 동시에 나의 열정을 자극한다.

알파님과 블로그 이웃으로 매일 그의 글을 접한 지 2년이 넘어간다.

매일 접하는 그의 글을 통해 스스로를 발견하고 성장할 수 있는 멋진 기회를 얻었다. 글을 통해서도 따뜻함과 배려하는 마음을 전달할 수 있다는 것을 알파님의 글을 통해 배웠다.

이번『위너노트』는 오랜 기간 동안 알파님이 글을 쓰며 쌓은 노하우와 경험이 총 집대성되어 있다. 이 책은 단순한 글쓰기 지침서를 넘어서 독자들에게 삶의 깊은 곳에서 영감을 주고 깨달음을 안겨 줄 것이다.

네이버 파워블로거, 리딩교육 대표 서은진(로즈)

* * * * * * *

알파님은 따뜻한 글쓰기와 삶을 바꾸는 글쓰기를 지향하는 분입니다. 본서『위너노트』에 글을 쓰면서 얻은 자신의 변화에 대해 구체적으로 서술했습니다. 글쓰기의 장점을 세세하게 설명하셨습니다. 그 과정까지도 공개적으로 알려 줬습니다.

'작문의 길'에 관한 구체적인 과정까지 정리해 뒀습니다. 초보 수준일 때는 일기를 꾸준히 씁니다. 중수 기준으로는 에피소드 중심으로 글을 남깁니다. 고수부터는 책을 내서 작가가 됩니다. 달인의 세계는 다작을 합니다. 전설의 칭호는 글쓰기를 수십 년 이상, 어쩌면 죽을 때까지 하는 작가에게 붙습니다. 그들은 100권 이상의 책을 출간합니다. 책 쓰기가 삶입니다. 이런 단계를 보니 본서를 미리 읽은 저도 글쓰기에 대한 포부가 생겼습니다.

알파님은 처음부터 전문 작가가 아니었습니다. 글쓰기에 관심을 갖게 된 대부분의 독자와 비슷하게 본업이 있는 가운데 뒤늦게 글쓰기에 눈을 뜨게 된 분입니다. 일찍부터 글재간이 있다는 이야기를 들을 정도로 애초에 글쓰기에 조예가 깊은 분도 아니었습니다. 일반 작가분들보다 글쓰기를 늦게 시작하셨지만 대신에 꾸준히 글을 쓰셨습니다. 벌써 세 권의 책을 출간하게 되었습니다. 우리도 잘할 수 있다는 증거입니다.

독자분들도 지금부터 꾸준하게 글쓰기를 시작하시면 됩니다. 초보에서 시작해서 작가까지 가는 여정과 관련된 노하우를 알파님 저서에서 배울 수 있습니다. 글쓰기를 갓 시작한 분들이나 어느 정도 글짓기에 익숙한 분께도 동기부여가 될 수 있습니다. 나아가 글쓰기에 관련된 구체적인 방향과 팁까지 얻어 갈 겁니다. 매일 글을 쓰세요. 100일간의 도전을 해 보세요. 여기서 그치지 말고 계속 글을 쓰세요. 긍정적인 변화가 기다릴 겁니다.

이렇게 추천사를 써 내려가는 저는 이미 한 권의 저서를 낸 작가입니다. 저도 알파님 저서 『위너노트』을 읽고 글쓰기에 대한 영감과 앞으로의 방향성에 대한 힌트를 얻었습니다. 다른 독자분들도 그런 기회를 수확할 겁니다. 알파님이 강조한 대로 글쓰기는 우리 자신의 미래를 위한 준비입니다. 삶을 바꾸기 위해, 미래를 창조하기 위해 글쓰기에 투자하세요.

데미안(『처음으로 공부가 재밌어지기 시작했다』 저자)

머리말

처음 글쓰기를 할 때 '내 글은 왜 감동이 없지?'라는 질문이 있었다. 그 질문에 대한 답을 찾기 위해 매일 글쓰기를 했다. 매일 읽고 매일 쓰다 보니 정답을 찾을 수 있었다. 감동이 있는 글을 쓰려면 글 쓰는 시간을 늘려야 했다. 그리고 더 많이 쓰고 계속 쓰면 된다는 걸 경험했다.

그래서 내가 어려워했던 글쓰기가 재밌어지는 순간을 만났다. 어려운 글쓰기가 어떻게 하면 재밌는 글쓰기가 되는지에 대해 같은 고민을 하는 분들과 공유하고 싶었다. 이 책을 통해 글쓰기에 대한 고민을 푸는 계기가 되었으면 좋겠다.

책을 쓰기 위해 스스로 한계 상황에 나를 밀어 넣어 보았다. 본업을 하면서 매일 블로그 5포 챌린지를 했다. 처음 며칠은 쉽지 않았다. 3주가 지나니 해 볼 만했다. 그래서 욕심이 생겼고 100일 챌린지를 하겠다고 공언했다.

공언의 효과는 컸다. 결국 100일을 완성할 수 있었다. 매일 5포를 하면서 글쓰기 감각을 키울 수 있었다. 많은 사람들과 소통하며 통찰력, 공감력을 키울 수 있었다. 100일을 완성해야 한다는 목표 덕분에 끈기를 기를 수 있었다.

공언을 하면서 출간에 대한 목표도 함께 말했다. 마감일을 정하고 나니 글쓰기에 더 집중할 수 있었다. 무언가 성과를 내고 싶다면 타인에게 나의 계획을 공언하자. 그 약속을 지키려고 노력하다 보면 내가 원하던 결과를 얻을 수 있게 된다.

당장 눈앞에 괄목할 만한 성과를 내려고 하면 무엇이든지 어렵게 다가온다. 하나씩 차근차근 접근하면 조금 더 쉽게 결과를 완성할 수 있다. 이 책을 통해 조금씩 어떻게 글을 써 나가면 어려운 글쓰기를 재밌게 바꿀 수 있는지 공감할 수 있으면 좋겠다. 이 책을 통해 여러 멋진 걸출한 작가분들이 탄생하길 기대한다.

이 책이 출판될 수 있도록 도와주신 분들께 감사 인사를 드린다. 나의 사랑하는 가족, 아내, 딸에게 감사를 표한다. 또한 추천사를 써 주신 분들께도 감사드린다. 아울러 항상 블로그에서 나의 출간을 응원해 주신 많은 이웃분들께 감사하다고 전하고 싶다.

목차

2. 좋은 글을 쓰려면?

3. 고쳐 쓰는 글쓰기

4. 매력 있는 글쓰기

5. 글쓰기가 어렵다면

6. 글쓰기가 주는 유익

7. 글쓰기 연습

1.

글쓰기를 잘하는 방법

01 매일 글을 쓰자

요즘 블로그 1일 1포스팅이 유행을 하고 있다. 누군가는 큰 의미 없다고 말하지만 필자가 생각할 때는 의미가 있다. 매일 하루에 글 하나씩 쓴다는 게 생각보다 긍정적인 영향을 준다.

하루에 하나씩 포스팅을 써야 하기에 늘 생각을 깊게 하게 된다. 어떤 주제로 글을 쓸지 고민하게 된다. 글을 읽어 주시는 분들에게 작은 도움이 되어야 하기에 양질의 글을 생산하기 위해 노력하게 된다.

생각은 사고의 폭을 넓혀 준다. 생각을 통해 갈 수 있는 깊이와 넓이는 생각보다 그 범위가 넓다. 스스로 이동할 수 있는 시공의 개념을 넘어설 수 있다.

그 속에서 오는 무한한 확장성을 즐길 수 있다. 글을 쓰는 시간을 통해 스스로를 돌아보고 성장시킬 수 있는 기회로 만들 수 있다.

단, 1일 1포만으로 만족해서는 곤란하다. 매일 글을 쓰는 습관을 들여 제2, 제3의 영역을 개척해 나가는 것이 필요하다.

물론 본류로 매일 글 쓰는 시간을 통해 늘어나는 작문력과 확장되는 블로그도 남길 수 있다. 앞으로는 개인의 글쓰기가 더욱더 중요한 시대가 될 것이다.

자신의 생각을 표현하고 공감받으며 소통해 가는 것이 무엇보다 중요한 시대다. SNS의 발달로 스스로의 가치를 마케팅하는 시대가 되었다.

그 시대 흐름 속에서 글을 잘 쓴다면 더욱더 본인의 가치를 끌어올릴 수 있다. 가장 현명한 투자는 본인의 가치를 끌어올리는 것이다.

그런 의미에서 매일 글을 쓴다는 것은 스스로의 가치를 끌어올리는 일이 되기에 큰 가치를 두고 이어 가는 것이 좋다.

02 재능보다 중요한 꾸준한 글쓰기

글쓰기를 하면서 느끼는 점은 재능보다 더 중요한 것이 끈기라는 점이다. 일반적으로 글쓰기에 대해 이야기하면 꾸준히 무언가를 하는 것이 생각보다 어렵다고 느끼는 경우가 많다.

너무 어렵게 접근해서 그렇지, 사실은 그냥 쓰면 된다. 글쓰기는 매일 스스로의 생각을 정리하고 기록하는 것으로 하나씩 만들어 가면 된다.

'할 수 있을까?'의 영역이 아니다. '하면 된다'의 영역이다. 그럼에도 불구하고 많은 사람들이 이 핑계, 저 핑계를 댄다. 그중 가장 시의적절하게 사용할 수 있는 것이 이런 경우다.

1. 시간이 없다.
2. 재능이 없다.
3. 실력이 없다.

(1) 시간이 없다

시간이 없다는 것은 우선 최고의 핑계가 될 수 있다. 곰곰히 생각해 보면 정말 핑계라는 걸 알 수 있다. 누구에게나 똑같이 24시간이 주어진다. 이 시간 동안 얼마든지 글을 쓸 시간 10~30분 정도는 확보할 수 있다.

(2) 재능이 없다

재능은 타고나는 영역이다. 글쓰기는 재능이 있다면 더 좋겠지만 없어도 충분히 가능하다. 생각을 정리해 글로 표현하면 되기 때문이다.

(3) 실력이 없다

가장 뽑기 좋은 이유일 수 있다. 글쓰기에 있어서 실력이 쌓이는 순간은 재능일 것 같지만 꾸준한 글쓰기로 완성된다는 걸 글쓰기를 계속 하다 보면 경험하게 된다.

글쓰기는 재능이 있다면 +α로 더 좋고 없어도 충분히 할 수 있는 작업이다. NO라고 표현할 근거를 찾지 말고 YES라고 말할 근거를 찾는 습관을 들이자.

매일 글 쓰는 습관을 들이면 생각을 하고 정리하는 습관을 만들 수 있어서 좋다. 꾸준히 생각하는 글쓰기를 하고부터 스스로 너무 좋은 변화를 발견하게 되는 부분이 있다.

바로 말을 할 때도 신중하게 말을 하게 된다는 것이다. '이 말을 했을 때 어떨까?', '이 표현은 괜찮은 표현일까?', '이런 말을 하면 상대방이 기분이 나쁘지 않을까?' 등 다양한 생각을 해 보고 말을 하게 된다.

그러면 말하기보다 듣기를 더 많이 하게 되는 나를 발견하게 된다. 그렇게 잘 들어 주는 사람이 될 수 있다. 또한 말을 할 때도 생각을 해 보고 괜찮은 말들을 하기 때문에 가까이에 두고 싶은 사람이 될 수 있다.

"글쓰기와 말하기, 듣기가 대체 무슨 상관이 있느냐?"라고 묻는 독자들이 있을지 모르겠다. 이건 필자가 경험한 부분이기에 충분히 맞는 말이라 확언할 수 있다.

하고 싶은 말을 다 하기보다 해야 할 말을 하는 게 현명한 사람이다. 사회생활을 하면서 자기 할 말을 다하는 사람들을 대하면 불편함을 느낄 때가 많다.

때와 장소에 따라 솔직함도 필요하겠지만 적절한 인내도 필요한 게 우리 인생이다. **결국 글쓰기도 현명한 인생을 살아가는 데 맞닿아 있다.**

블로그를 운영하고 있지 않다면 꼭 시작해 보자. 글쓰기를 시작하는 데 아주 유용한 툴이다. 블로그를 하면서 생각 있는 글쓰기를 해 보자.

그 시간들이 쌓이게 되면 주변에 좋은 사람들도 만들 수 있고 무엇보다 스스로가 성장하는 걸 경험할 수 있어서 좋다.

자주 언급하는 내용이지만 좋은 글은 세상에 하나뿐인 글이다. 그 글은 의외로 가까운 곳에 있다. 바로 자신의 생각을 글로 적는 것이다. 내 생각은 70억에 가까운 지구 인구 중 유일하게 나만 하는 것이다. 그래서 소중하다.

보석이나 금이 가치가 큰 이유는 희소성이 있기 때문이다. 나의 글, 내 생각이 담긴 글도 희소성이 있다. 휘발성이 높은 글을 쓰지 말자. 빨리 가려고 이것저것 모아 담다 보면 가치가 없는 공간이 될 수 있다.

방향성을 잡지 못한 초창기에 나도 그랬다. 블로그에 생각을 담지 못했다. 글쓰기에 생각을 담지 않고 글을 적어 가다 보니 그 글을 내가 썼는데 읽어 내려가면서 흥미를 느끼지 못했다.

의외로 세상에 하나뿐인 글은 매력적이다. 흥미가 생긴다. 아주 재밌게 표현하지 않아도 재미가 있다. 왜일까? 바로 세상에 하나뿐이라는

걸 작가도 알고 독자도 알기 때문이다.

이런저런 핑계 그만 대고 글쓰기를 시작해 보자. 그렇게 성장하며 함께 멋진 글을 쓰는 사람이 되어 보자.

03 글쓰기 습관을 들이자

글을 쓰는 사람이라면 누구나 좋은 글을 쓰는 방법에 대해 고민하게 된다. '1+1=2'라는 간단한 수식처럼 정해진 답이 있다면 얼마나 좋을까? 이게 그렇게 간단하지 않다. 그래서 더 어렵게 다가오기도 한다.

다행인 것은 글쓰기는 하면 할수록 조금씩 실력이 늘어 가는 접점을 만나게 된다는 것이다. 10년 동안 매일 A4 용지 한 장 분량의 글을 써 왔다고 가정해 보자. 10년 전 처음 쓴 글과 10년 후에 방금 작성한 글의 내용과 깊이는 비교가 불가능할 것이다.

왜 그럴까? 계속해서 글을 쓰는 과정 중에 학습하는 과정을 거치기 때문이다. 글쓰기를 잘하고 싶다면 매일 글 쓰는 시간을 확보하자. 매일 10분~30분 정도씩 글쓰기를 하다 보면 글을 쓰면서 실력이 늘어나는 걸 경험하게 된다.

꾸준함이 중요하다. 시간을 특정해서 글을 쓰면 제일 좋겠지만 여러 상황상 그게 어렵다면 매일 일정 시간을 글쓰기에 사용하는 노력이 필요하다. 글쓰기를 매일 하다 보면 글을 작성하면서 만나게 되는 다양한 상황들을 경험해 볼 수 있다.

글을 쓰다가 글감이 떠오르지 않기도 하고, 문장과 문장 사이의 접속사를 오사용하기도 한다. 막힘없이 써 내려가던 글이 앞뒤가 맞지 않는 것 같아 혼란을 경험하기도 한다.

이런 문제들을 경험하면서 해결 능력을 키워 가는 훈련을 할 수 있다. 대단해 보이는 작가도 처음엔 글쓰기가 어려웠다고 하나같이 고백한다. 현재는 글쓰기가 어려울 것 같아 보이지 않는 대작가들도 마찬가지다. 『강원국의 글쓰기』를 집필한 강원국님도 대통령의 글쓰기부터 숱한 글을 써 왔지만 여전히 글쓰기가 어렵다고 한다.

글쓰기가 쉬운 것은 아니다. 그러나 자신만의 실력을 쌓는 글쓰기 시간을 보낸 작가는 필력을 쌓을 수 있다. 글을 쓰는 훈련을 통해 실력을 키워 나갈 수 있다. 그 시간을 견디는 몫은 오로지 작가 스스로의 숙제다.

유명한 가수들을 떠올려 보라. 가수 몇몇을 떠올려 보면 그들만의 음색이 있음을 직감할 수 있다. 자신만의 특색이 있는 음, 톤이 그냥 나왔을 리 없지 않은가? 그들도 수없는 연습의 과정을 통해 자신만의 색깔을 만들어 낸 것이다.

글쓰기도 마찬가지다. 어떤 책이든 그 책을 만든 작가의 컬러가 있다. 작가만의 필체와 문체가 있다. 특유의 예시와 정곡을 찌르는 문장이 글을 더 매력적으로 만든다. 한 책의 저자가 된 작가의 컬러는 수없는 글쓰기 연습의 시간을 통해 완성된다.

글쓰기가 쉽지 않지만 계속해서 노력하다 보면 자신만의 문체를 완성할 수 있다. 남을 따라하고 그대로 녹여 내기 보다는 나의 것을 만들어 보자. 조금 부족해도 좋다. 조금 어설퍼도 좋다. 그런 부족한 부분들을 수정하고 고치면서 채워 나가면 된다.

가끔은 글을 보면서 '이렇게 멋진 문장이 있을 수 있다니'라고 감탄하게 되는 경우가 있다. 가까운 지인이라 한번 물어보았다. "어떻게 하면 이런 명문장을 만들 수 있나요?"라고. 무언가 대단한 답이 있을 것 같지만 이렇게 지인이 답해 주었다. "늘 글 쓰는 연습을 하다 보니 좋은 문장이 나온 것 같아요."

겸손하게 말하는 지인이었지만 그 속에 정답이 있었다. 힘을 빼고 좋은 글을 쓰려는 노력을 평소에 하는 것이다. 그 시간들이 쌓이고 쌓여 명문장으로 탄생한다. 정답은 가까운 곳에 있다. 늘 옆에 있지만 잡지 못하는 것은 여러 가지 핑계를 대는 우리 모습 때문이다.

바쁘다, 피곤하다, 시간이 없다 등 다양한 핑계를 댈 수 있다. 그 다양한 이유에서 벗어나 글을 쓰는 자리에 앉아 글을 쓰는 사람이 되어보자. 그 시작이 반이다. 그 시작을 계기로 꾸준히 글쓰기를 이어 나가면 분명 멋진 작가가 될 수 있을 것이다.

글쓰기를 매일 하는 습관을 들이면 제일 좋다. 매일 정해진 시간 동안 글을 써 나가면 분명 필력이 좋아지고 글 쓰는 실력의 깊이가 깊어질 것이기 때문이다.

04 글쓰기 매일 하지 못해도 괜찮아

매일 10분, 한 시간은 글을 쓰는 데 사용하면 좋다. 그런데 살아가다 보면 때론 놓칠 때가 있다. 여기서 두 부류로 나뉜다. 한번 멈췄으니 그만두는 케이스와 계속하는 경우로 갈린다. 당연히 후자가 맞다. 한번 멈추면 계속 쉬기 좋다. 그렇다고 거기 머무르면 발전할 수 없다.

블로그 포스팅을 매일 하나씩 하기로 마음먹었다가 바쁜 일상으로 인해 하루 놓쳤다고 해 보자. 그날을 기점으로 멈춰 버리면 그 블로그의 생기는 사라질 것이다. 반대로 하루는 놓쳤지만 다음 날부터 다시 글을 작성해 나간다면 유의미한 블로그를 만들어 갈 수 있다.

글을 쓰다 보면 글감들이 쌓인다. 그 내용들이 합쳐져 스스로를 계발한다. 글을 쓰다 보면 사색의 시간을 늘릴 수 있다. 스스로의 생각이 더 깊어진다. 마치 심해 바닷속을 들어가는 것처럼 생각은 거리의 한계가 없다. 물리적으로 잠수해서 바다로 들어가려면 얼마 못 가 압력에 의한 한계를 만난다.

그러나 생각을 통해 깊은 바다로 들어간다고 가정해 보면 그 한계가 없어진다. 사색이 필요하다. 글쓰기는 사색하는 범위를 더 넓게 만들어 준다. 매일 무언가를 해서 스스로를 업그레이드하고 싶다면 글쓰기를 꼭 해 보자. 블로그든 일기든 무엇이든 좋다. 글쓰기를 통해 발전하는 나를 만나면 너무 즐겁다.

이번에 낸 책(『고난은 축복이더라』)을 읽고 후기를 남겨 준 분이 계신다. 독자의 입장에서 읽기 쉽게 풀어 쓰려고 한 점이 너무 느껴졌고, 공감이 돼서 좋았다는 내용이었다. 쉽게 쓰려고 무던히도 노력했고, 공감이 될 수 있으면 좋겠다는 마음을 담으려 글을 여러 번 고쳐 썼다. 그걸 알아주시니 참 행복했다. 글을 잘 쓰고 싶다면 방법은 간단하다.

많이 써 보는 것이다. 다문, 다독, 다상량이라고 한다. 많이 듣고 많이 읽고 많이 생각한다는 뜻이다. 이걸 할 수 있는 아주 좋은 녀석이 글쓰기다. 글쓰기를 하려면 다른 이들의 글을 읽으면서 배움을 얻어야 하고 스스로의 것을 적어 보면서 생각을 하게 된다. 이런 과정들이 합쳐져 스스로의 가치를 업그레이드시켜 준다.

이 좋은 것을 하지 않을 이유가 없지 않은가?

05 성장에 가속도가 붙을 때가 있다

누구나 성장을 하고 싶어 한다. 한국 사람들은 특유의 빨리빨리 문화가 있어서 개인의 성장도 보폭을 크게 가져가고 싶어 한다. 필자의 경험에 의하면 그런 것은 없다. 성장은 천천히 이루어진다. 전혀 미동을 하지 않다가 갑자기 가파르게 상승한다.

그리고 또 미동 없는 시간이 지속되다가 가파른 상승을 반복한다. 성장에 가속도가 붙을 때 어떻게 대처하는지가 중요하다. 그래야 그 성장의 시간 동안 더 상승폭을 키울 수 있다. 성장하는 시기에는 더 열정을 쏟아부어야 한다. 블로그 포스팅을 예로 들면 1일 1포 하던 것을 3, 4포까지 올리는 것이다.

이때 주의할 것은 동일한 품질의 글을 결과물로 내야 한다는 점이다. 수량을 늘린다고 해서 품질을 떨어뜨리는 것은 경계해야 한다. 늘 해오던 것을 +α로 조금 더 하는 것은 생각보다 어렵지 않다.

1일 1포를 매일 하던 사람에게 3, 4포로 늘리는 것은 생각보다 큰 과제가 아닐 수 있다는 것이다. 1일 1포도 하기 힘든 사람에게 3, 4포 하라는 것은 너무 가혹한 주문일 수 있다. 그래서 모든 것이 시기가 있는 것이다.

평평하게 가는 구간 동안 1일 1포를 매일 할 수 있는 능력을 축적한다. 그리고 이걸 지속하면서 3, 4포 할 수 있는 능력을 기르는 것이다. 글쓰기를 계속 하다 보면 실력이 쌓인다. 예전의 내가 '와, 이거 할 수 있을까?'라고 생각했던 양을 소화할 수 있게 된다.

단순히 한 지점에서 다음 지점으로 넘어가는 것이 아니다. 다음 지점으로 가기 전까지 충분한 행동이 있는 열심이 동반되어야 한다.

1일 1포에서 1일 3, 4포로 늘리는 수준으로 나아갔다면 그 다음 고민은 '글을 읽는 사람에게 도움이 되는 더 좋은 글을 생산하는 방법'이다. 그렇게 매일 조금씩 더 좋은 글을 고민하면서 써 내려갈 때 오늘보다 더 나은 내일의 글이 나온다.

06 일필휘지의 글쓰기

일필휘지의 사전적 의미는 붓을 한 번 휘둘러 줄기차게 써 내려가는 것이다. 글씨를 대단히 힘 있게 잘 쓰는 모습이다. 붓글씨를 쓸 때 한 번에 잘 쓰는 것이 중요하다 하여 '일필휘지'라는 의미가 부여되었다.

일필휘지를 필자만의 방식으로 글쓰기에 적용해 보았다. 필자가 생각하는 일필휘지의 글쓰기는 정리된 생각을 15분 안쪽의 시간에 글로 작성하는 것이다. 글을 쓰면서 생각을 많이 하면 생각보다 글이 지루해지는 경우가 있다.

제목을 생각하고 글감을 미리 정리해 두는 게 좋다. 간결한 문장은 모두가 즐겁게 읽는다. 조사가 많고 부연 설명이 많은 문장은 불편하다. 마치 소화가 덜 된 것 같은 더부룩함이 느껴지기도 한다. 좋은 글은 읽기 편한 글이다.

한 번에 정리된 생각을 글쓰기로 옮겨 놓으면 앞뒤 문맥을 맞출 수 있다. 문단의 결을 맞출 수 있어 의미 전달에도 좋다. 어떤 스타일의 글을 쓸지는 개인의 기호지만 독자가 좋아하는 글은 어느 정도 정형화되어 있다.

책을 읽을 때 너무 어려우면 독자가 좋아하는 책이 되기 어렵다. 책 속에 글이 있기에 쉬운 글이 좋은 글이 되는 경우가 많다. 얼마 전 독자 중 한 분이 책을 완독하지 못해서 마음이 어렵다는 말을 들은 적이 있다.

전혀 그럴 필요가 없다. 한 권의 책을 다 읽지 못한 것은 독자의 잘못이 아니라 작가의 잘못인 경우가 많기 때문이다. 좋은 책은 한 번에 다 읽어 버릴 수 있는 책이라 생각한다. 개개인의 의견이 다를 수 있겠지만 필자의 생각은 그렇다.

일필휘지의 글쓰기로 독자의 공감을 끌어낼 수 있는 글쓰기를 연습해 보자. 분명 글쓰기에 도움이 될 것이다.

07 성장의 속도가 다르다

모든 것이 빠르게 변화하는 시대를 산다. 그렇다 보니 빠른 것이 당연시될 때가 있다. 실질적 성장은 느림에서 온다.

느림의 미학이 있는 것이다. 무언가 답답해 보이는 느낌이 들 수도 있다. '성장하는 게 맞나?'라는 의문이 들기도 한다. 느리지만 매일 하는 것에서 성과가 난다. 불편한 진실일 수 있지만 사실이다. 글을 쓸 때 빨리 쓰려고 하면 앞뒤가 비는 걸 알 수 있다.

무언가 글의 전개가 엉성해진다. 급한 마음이 글에도 고스란히 나타난다. 그래서 글을 읽다가 '무슨 말이지?'라는 의문이 생기기도 한다. 변화의 속도가 빠르다고 해서 나도 빠른 속도로 달릴 필요는 없다. 천천히 나의 길을 가면 된다.

누군가는 "빨리 가야만 성공한다"고 가르치기도 한다. 그들의 경험을 기준으로 말하는 것이기에 맞을 수도 틀릴 수도 있다. 개인의 성장은 스스로의 속도가 있다. 자신에게 맞는 방향과 속도를 찾아야 한다. 누군가가 알려 주는 타이밍은 나와 맞지 않다.

그래서 글쓰기를 통한 성장도 자신의 타이밍을 찾는 시간이 필요하다. 사람마다 자라는 속도가 다르다. 무엇이 맞는지를 찾지 말고 나에게 맞는 것이 무엇인지에 집중하자. 본질적인 것에 집중할 때 만나게 되는 성장이 있다.

나에게 맞는 성장 속도를 찾으면 희열을 느낄 수 있다. 내게 맞는 성장은 꾸준히 많이 하는 것이었다. 탁월함으로 갈 수 있는 많은 방법 중 가장 노멀한 것이 있다. 꾸준함과 성실함으로 매일 하는 것이다.

매일 글을 생산함으로써 조금씩 성장하고 있다. 때로는 직선 방향으로 무던히도 꾸준히 걸어가야 할 때가 있다. 스스로 성장에 대한 갈구함이 있다면 나의 방향성이 직진인지 확인하자. 그리고 방향이 맞다면 뒤돌아보지 말고 꾸준히 실행하자.

계속된 실천이 합쳐져 성장하는 나와 조우하게 되는 날이 분명히 온다. 다른 사람의 성장과 나의 성장 속도를 비교하지 말자. 사람마다 성장하는 속도가 다른 것이 당연하다.

08 누군가에게 울림을 주는 글을 쓰는 방법

글의 매력은 작가의 생각이 독자에게 전달되는 데 있다. 울림이 있는 글을 쓰기 위해 노력한다. 댓글로 응원해 주시는 이웃분들 덕분에 더 힘이 난다. 좋은 생각은 빨리 붙잡아야 한다. 그래서 필자에게 교훈이 되는 문장이 생각나면 저장을 한다.

강하게 다가온 한 문장을 글로 풀어내면 감동이 될 때가 많다. 주로 글감은 평소 생활에서 나온다. 일을 하다가 느낀 점, 시행착오를 통해 알게 된 것들을 글로 적을 때 가장 와닿게 적을 수 있다.

글을 쓰기 시작하면서 따뜻한 마음을 전달하고 싶은 마음이 커졌다. 누군가의 마음을 울리는 일은 가슴 벅찬 일이다. 상대방에게 전달된 진한 여운이 나에게도 전달되기 때문이다. 그 힘은 '더 좋은 글을 써야겠다'는 생각으로 자라난다.

한 편의 글이 사람을 살리기도 한다. 희망을 찾고 싶은 사람에게 힘이 되기도 한다. 멈추고 싶은 사람에게 계속 걸어갈 용기가 되기도 한다. 누군가에게 울림을 준다는 것은 나에게도 큰 감동을 준다.

마음과 마음이 오갈 수 있는 글을 쓰려면 진심을 다해야 한다.

1. 글을 쓰면서 읽는 사람에게 도움이 되는 글을 쓰려고 해야 한다.
2. 좋은 생각을 해야 한다.
3. 읽는 사람도 공감할 수 있는 글을 써야 한다.

(1) 도움이 되는 글

나에게 도움이 되는 글을 쓰면 된다. 생활하면서 '이런 생각은 참 좋네'라고 생각했던 것들을 문장으로 붙잡으면 된다. 그걸 글로 풀어내면 나에게도 도움이 되고 독자에게도 도움을 줄 수 있다. 내가 적은 글을 다시 읽으면서 그때의 교훈을 되새길 수 있기 때문이다.

(2) 좋은 생각

좋은 생각을 자주 해야 한다. 긍정적인 방향과도 맞닿아 있다. 부정적인 생각을 하면 끝이 없다. 생각대로 행동하게 된다. 긍정적인 생각은 힘이 되는 문장을 만들어 준다. '사랑의 언어', '감사의 언어', '기쁨의 언어' 등을 자주 생각하자.

(3) 공감

친구와 대화를 할 때 혼자 말하기를 좋아하는 사람이 있다. 그런 사람의 말은 공감이 가지 않는다. 오히려 피곤해진다. 반면에 내 이야기를 잘 들어 주는 친구는 참 편하고 자주 보고 싶어진다. 무엇 때문일까? 바로 공감이다.

내 이야기를 듣고 공감을 잘해 주기에 더 보고 싶은 것이다. 글쓰기도 마찬가지다. 독자를 배려해서 글을 쓰면 된다. 이 글을 읽는 사람을 주인공의 자리에 배치하자.

글을 쓰는 작가가 아닌 글을 읽는 독자가 공감할 수 있게 쓰는 것이다. 타인의 말을 잘 듣는 것처럼 독자가 궁금해할 소재를 글로 쓰고, 공감 포인트를 찾는 노력을 더하면 된다.

앞에 언급한 것들을 모두 정리해 보면 이렇게 정리할 수 있다.

울림이 있는 글을 쓰기 위한 실천적 노력을 해야 한다.

\- 알파

09 글쓰기를 잘하고 싶다면 매일 글을 쓰자

글쓰기를 잘하는 방법은 매일 글을 쓰는 것이다. 요즘 매일 1시간~2시간씩 글쓰기에 시간을 쏟고 있다. 덕분에 글쓰기를 통해서 얻고 싶었던 것들을 결과로 낼 수 있어서 좋다.

한 권의 책을 만들려면 6~8개의 목차와 80~100개의 제목이 필요하다. 사람마다 책을 쓰는 스타일은 다르겠지만 어느 정도의 분량은 필수적이다. 약 200~300페이지 정도로 책을 출간한다. 그 과정에 꼭 필요한 것은 내용이다. 아무리 좋은 책도 내용이 빈약하면 빛을 보기 어렵다.

그런 의미에서 모든 작가의 로망인 책 출간에 다가서기 위해서는 글쓰기 연습이 필요하다. '어떤 방식의 연습이 가장 좋을까?'도 고민해 보았다. 여러 과정을 통해서 깨달은 것은 '그냥 써야 한다'는 것이다.

이것저것 생각해 보기 전에 그냥 글쓰기 연습의 시간을 늘리자. 그것만으로 얻어지는 것이 크다. '그냥 쓰는데 어떻게 늘지?'라는 질문을 하는 분들이 있을 것이다. 필자의 경험에 의하면 그냥 써 보니 답이 나왔다.

쓰다 보니 글쓰기 실력이 부족한 걸 알게 되었다. 그래서 글쓰기 책을 사서 읽었다. 『강원국의 글쓰기』를 읽으며 배운 점이 많았다.

배운 건 써먹어야 내 것이 된다. 강원국 작가님의 코칭을 글쓰기에 적용해 본다. '이전의 글보다 훨씬 나아졌네!'라고 느끼는 순간이 온다. 그렇게 한 단계 성장한다.

그리고 다시 글쓰기 연습에 들어간다. 그러다 보면 '공감하는 글쓰기'에 대한 갈망이 생긴다. '어떻게 하면 사람들의 공감을 더 얻을 수 있을까?'를 고민하던 찰나에 독자분들의 공감으로 힘을 얻는다.

그렇게 매일 글을 쓰다 보면 생각하지 못한 곳에서 영감을 얻게 된다. 그 영감을 실천적 노력으로 접목시키면 글쓰기 실력이 늘어난다. 글쓰기를 잘하고 싶다는 생각을 하는 분이라면 매일 1시간씩 글 쓰는 시간을 가진다. 프로는 매일 열심히 연습하는 시간을 통해 실력을 쌓는다고 한다.

글쓰기 영역에서 프로가 되고 싶다면 역시 연습만이 답이다. 매일 투자하는 시간이 쌓이면 그 위력은 강력해진다.

10 좋은 글을 쓰려면 여백의 시간이 필요하다

글을 쓰는 사람에게 꼭 필요한 시간이 있다. 바로 여백의 시간이다. '여백은 종이에 글이나 그림을 그리고 남은 공간'을 말한다. 여백의 미라고도 표현한다. 글을 통해 작가의 생각 +α를 알 수 있는 지점이 여백이다. 작가의 생각과 함께 글과 그림 너머에 있는 의도를 파악할 때 희열이 있다.

작가에게 글을 통해 주는 여백의 미는 또 다른 즐거움이다. 이 여백을 잘 채워 넣는 방법은 공백의 시간을 가지는 것이다. 공백을 통해 여백을 만들 수 있다.

어떻게 해야 여백을 만들 수 있을까?

잠시 현실을 떠나는 시간을 가지는 것이다. 여행을 가면 된다. 일상을 떠나는 것의 중요성이 있다.

뇌가 휴식을 취하면서 창의적인 순간을 만난다. 새로운 경험을 통해 생각의 깊이가 깊어지고 넓어진다.

여행지를 가면 즐거운 감정과 기쁨을 느낄 수 있다. 그 행복의 감정을 가지고 현실로 돌아와 글을 쓰면 '행복이 가득한 글'이 된다. 당신이 글을 쓰는 사람이라면 이런 생각이 드는 순간이 있었을 것이다.

'아! 오늘은 왜 이렇게 글이 안 써지지?'

둘 중 하나의 경우다. 1. 너무 피곤에 지쳐서 육체가 피로한 경우 2. 마음이 지쳐서 창의적인 생각이 들지 않는 경우다. 1번의 경우엔 휴식을 잘 취하면 최적의 컨디션으로 돌아온다. 그러나 2번은 좀 다르다. 샤워를 하고 충분한 수면을 취하는 것만으로 회복되지 않는다.

이럴 때는 여행을 가야 한다. 새로운 곳에서 즐거운 시간을 보내야 한다. 맛있는 음식을 먹고 아름다운 풍경을 보면서 마음을 회복해야 한다. 좋은 글은 행복한 마음 상태에서 나온다.

행복한 여행을 다녀온 후 작성하는 글은 여백의 미가 있다. 힘을 뺄 수 있다. 그래서 다 채우지 않아도 잔잔히 흘러오는 파도처럼 독자에게 여운을 줄 수 있는 것이다.

나의 글에 작문력을 제외한 무언가가 빠져 있다는 생각이 드는 순간을 만나면 여행을 가 보자. 아름다운 자연이 주는 대자연의 포근함을 느껴 보자. 그 경험으로 인해 한 뼘 성장하는 나를 만날 수 있다.

11 읽기와 함께하는 쓰기

바쁜 일상 속에서 첫 번째로 클리어해야 하는 영역인 독서를 넘어서면 쓰기가 우리를 기다린다. 좋은 책을 계속 읽다 보면 좋은 문장을 내 것으로 만들고 싶은 마음이 생긴다. 그렇게 책을 읽고 좋은 문장을 내 것으로 만드는 과정이 필요하다. 한 번 읽은 것은 쉽게 기억에 남기 힘들다. 여러 번 읽고, 글로 써 볼 때 비로소 기억에 남는다.

그래서 읽기 다음엔 쓰기가 남는다. 예를 들어 감명 깊게 읽은 책이 있다고 해 보자. 그럼 그 책을 읽고 남는 생각을 한 줄로 정리해 보면 좋다. 『그릿』을 읽고 이런 문장을 정리해 두었다. "된다고 믿고 될 때까지 노력하면 이루지 못할 것이 없다." 한 권의 책을 읽고 자신만의 언어로 정리하는 습관을 가져 보자.

한 권당 한 문장씩만 정리해도 100권이면 100문장, 1,000권이면 1,000문장이 된다. 남이 알려 주는 글과 내가 적은 글은 그 밀도가 다르다. 다른 사람의 깊이 있는 글을 내 것으로 만들려면 소화하는 시간이 필요하다. 그래서 그들의 글을 이해할 수 있도록 필사를 해 보는 것이다.

따라 적으면서 저자의 생각을 읽을 수 있다. 필사를 하면서도 꾸준히 생각해야 한다. 그 과정을 통해 내 것으로 만드는 시간을 보내게 된다. 내 것이 된 글은 나만의 스타일로 재해석되어 글로 표현된다. 그래서 마지막 단계를 완성하려면 글쓰기를 해야 한다. 계속 강조하는 것이지만 두려워할 필요 없다.

그냥 쓰면 된다. '아무리 봐도 이상한데?' 그게 당연하다. 처음부터 잘하는 게 이상한 것 아닌가? 어색하고, 앞뒤가 안 맞을 수 있다. 그게 정상이다. 모두가 거기서 출발한다. 여기부터 멈추지 않고 계속해서 나아가면 된다. 매일 읽고 쓰는 걸 반복하자. 반복하면서 업그레이드되어 가는 내 모습을 지켜보자. 그 변화에 희열을 느끼면서 동기를 더 키워 가자.

좋은 문장을 읽고,
그 문장을 필사하고,
그 문장을 내 것으로 만드는 시간을 가지고,
그 문장을 나만의 표현력으로 써 보는 시간을 가지자.

이 과정을 통해 당신의 글은 더 깊어질 수 있다. 이상해도 괜찮다. 매일 하다 보면 좋은 글로 바뀌어 있는 순간을 만날 수 있다. 그때까지 그저 매일 읽고, 매일 쓰기만 하면 된다.

된다, 안 된다를 논하지 말고 한번 해 보자. 100일 동안 이 과정을 반복했는데 아직 부족하면 300일 해 보자. 300일 했는데 부족하면 500일 해 보자. 그래도 부족하면 1,000일 해 보자.

1,000일이 지나서도 부족하다 느껴진다면 첫날에 쓴 글을 보자. 분명 성장한 당신의 모습을 만나게 될 것이다. 글쓰기는 경험의 영역이다. 매일 쓰자. 매일 쓰는 시간이 쌓여 당신을 감동적인 글을 쓰는 작가로 만들어 줄 것이다.

Summary

중요한 것은 매일 글을 쓰는 것이다. 아침에 눈을 뜨면 바로 감사일기를 적으며 하루를 시작해 보자. 글쓰기로 여는 삶이 당신을 감사와 행복으로 이끌어 줄 것이다.

2.

좋은 글을 쓰려면?

01 좋은 글을 읽고 쓰자

좋은 글을 쓰는 것에 대해 늘 고민한다. '어떻게 하면 조금 더 나은 글을 쓸 수 있을까?' 생각하며 글쓰기를 반복하고 있다. 좋은 글을 쓰기 위해 좋은 글을 읽고 있다. 하루아침에 모든 것이 이루어질 수 없다. 글쓰기를 이어 가면서 느끼는 것은 이전의 글보다 나아지고 있다는 것이다. 요즘 앞서간 선배 작가님들이 추천한 책을 보고 있다.

바로 『강원국의 글쓰기』다. 글쓰기에 대한 심오한 생각과 고민들이 솔직하게 담겨 있다. 좋은 글을 쓰는 방법에 대해 디테일하면서 사실적으로 표현한 책이다. **좋은 글쓰기가 저자도 어렵지만 노력하다 보니 좋아졌다고 한 아주 간단한 얘기들이 와닿았다.**

글쓰기에 대한 이야기를 하는 중 **로젠탈 효과**에 대해 언급한 것이 기억에 남는다.

1968년 하버드대학 심리학과 로브트 로젠탈(Robert Rosenchal) 교수는 샌프란시스코의 한 초등학교 학생 20%를 무작위로 뽑아 담임 교사에게 명단을 전달하며 이 아이들의 지능지수가 높다고 말했다. 8개월 뒤 명단에 있던 학생들의 성적이 실제로 올랐다. 담임 교사가 해당 학

생들에게 관심과 기대를 보였고, 그들이 이에 부응하기 위해 노력하는 과정에서 성적이 향상된 것이다. 이를 '로젠탈 효과'라 부른다.

『강원국의 글쓰기』(로젠탈 효과)

관심이 중요하다는 언급을 하면서 칭찬에 대해 언급한다. 강원국 저자는 글쓰기를 하면 아내에게 잘 보여 준다고 한다. 아내는 늘 그를 80% 잘한다고 칭찬한다고 한다. 본인은 60%라고 생각하는데 80%라고 **칭찬**해 주니 신이 나서 더 글을 잘 쓰게 되었다고 했다.

역시 핵심은 글쓰기를 계속해야 한다는 것이다. 그리고 주변에 보여 주라. 그리고 칭찬을 해 주는 사람에게 계속 보여 주자. 그 대상이 여자 친구가 될 수도 있다. 혹은 아내가 될 수도 있다. 강원국 작가는 아내의 칭찬이 큰 힘이 되었다고 한다. 글쓰기를 한 것을 주변 사람에게 보여 주고 칭찬을 받자. 그렇게 조금씩 글쓰기 실력이 늘어 가는 것을 느낄 수 있다.

필자도 요즘 쓴 글을 아내에게 보여 주면 글에 진정성이 더 느껴진다고 칭찬해 준다. 그렇다. 10년 전 필자의 글보다 훨씬 낫다. 아직도 많이 부족하고 담아야 할 것이 많다. 하지만 그런 아내의 칭찬을 들을 때 더 힘을 내게 된다. 아울러 글쓰기도 더 힘을 내 이어 간다.

좋은 글을 읽자. 좋은 글을 읽은 뇌가 좋은 글을 쓰게 만든다. 그렇게 뇌리에 자리 잡은 내용으로 좋은 글을 쓰자. 첫 시작은 좋은 글이 아닐 수도 있다. 매일 조금씩 글을 쓰다 보면 조금씩 는다.

02 글쓰기 연습을 하자

글쓰기는 평소에 연습을 해야 한다. 흔히들 가지는 궁금증 중 하나가 '글쓰기를 잘하려면 어떻게 해야 할까?'이다. 시험칠 때 자주 듣던 말이 답은 질문에 들어 있다는 것이다.

질문에 답이 있다. 글쓰기를 잘하려면 자주 써야 한다. 간단한 원리인데 생각보다 이 말을 부정하는 사람들이 많다.

좋은 글을 쓰려면 거두절미하고 글을 계속 써 봐야 한다. 여러 가지 원칙, 여러 가지 논리, 여러 가지 내용들이 있겠지만 무엇보다 먼저 선행되어야 할 것은 글쓰기를 계속해 나가는 것이다.

처음엔 시행착오를 경험하게 될 것이다. 알파의 위너노트 블로그를 한 지는 3년, 사업자 계정의 블로그를 한 기간을 살펴보니 10여 년이 넘었다.

그때 쓴 글을 보니 현재의 글보다 이모저모로 부족함이 많다. 그렇다. 그간에 성장한 것이다.

글쓰기를 계속하다 보면 분명 성장한다. 계속해서 글을 써 오면서 필력이 늘어나는 경험을 했다.

근래에는 필력을 키우기 위한 방법으로 독서의 중요성을 느낀다. 글을 쓰는 연습을 계속하면서 병행하면 글쓰기에 큰 도움이 된다. 내 생각을 쓰는 글쓰기도 중요하지만 좋은 글을 읽는 독서를 통해 자연스레 늘어나는 글쓰기 실력도 필요하다.

그냥 책을 한 권 읽는 수준에서 벗어나야 한다. 책을 읽으면서 그 책을 쓴 저자가 말하고자 하는 바를 파악해야 한다. **그리고 그것을 내 것으로 만드는 작업을 함께 해 나가야 한다.**

내 것으로 만든 그 저자의 생각 너머의 것을 내 글로 만드는 작업으로 넘어갈 때 작가가 될 수 있다. 더 좋은 글을 위해 힘들어도 오늘 쓸 글을 조금씩 써 나가자. 책을 쓰고자 하는 사람이 있다면 평소에 글쓰기를 해 두자. 내가 쓰고 싶은 책이 그때 쓰는 것보다 평소에 글감들을 모아 글로 정리해 두는 쪽이 훨씬 빨리 책을 낼 수 있게 돼서다.

무슨 일이든 글쓰기부터 시작하라.
물은 수도꼭지가 켜질 때까지 흐르지 않는다.

- 루이스 라모르

03 좋은 생각을 하자

좋은 글을 쓰는 것에는 좋은 생각을 하는 과정이 포함된다. 좋은 글을 써 가겠다는 마음을 먹고 주변을 둘러보다 보면 글감이 떠오른다.

그럴 땐 빠르게 그 키워드를 저장해야 한다. 휴대폰 메모장에 임시저장을 하는 습관을 들이자. 메모장에 각종 키워드를 저장해 보자. 단어도 좋고 문장도 좋다. 예를 들면 "미라클모닝", "글쓰기를 잘하는 방법", "부동산의 향방은?" 등의 제목을 정해 저장해 보는 것이다.

제목을 적고 나면 톱니바퀴처럼 그와 관련된 생각들이 떠오른다. 그 생각에 나의 경험을 덧붙여 적어 나가면 된다. 어렵게만 느껴지던 글쓰기도 여러 번 해 보다 보면 어제보다 나은 오늘의 글을 만들어 낼 수 있게 된다.

글쓰기도 진정성 있는 노력이 필요하다. 어떤 글이 좋은 글이라고 정의할 수 없다. 그러나 좋은 글의 정의를 내리라면 세상에 하나밖에 없는 독자에게 도움이 되는 글이라고 말하고 싶다.

결국 내 글이 누군가에게 감동을 주고 교훈을 주면 된다. 혹은 정보로서의 가치가 있는 글이면 된다. 현대는 지식과 정보화의 사회다. 수많은 정보가 매일 올라온다.

그 많은 정보들이 독자에게 도움이 될 수 있게 내용을 정리해야 한다. 정리된 내용에 작가의 생각을 덧붙여 고객에게 필요한 정보로 바꿔 준다면 더 좋다.

무엇보다 중요한 것은 글쓴이의 마음가짐이다. 좋은 글을 쓰자. 내 글을 읽는 사람들에게 도움이 되는 내용을 전하겠다는 생각이 중요하다.

쓰기와 생각은 불가분의 관계이고
좋은 생각에는 좋은 글쓰기가 필요하다.

– 송숙희, 『150년 하버드 글쓰기 비법』, 유노북스

04 제목부터 정하자

『강원국의 글쓰기』를 읽으면서 느끼는 점이 많다. 글을 잘 쓰기 위해 더 고민해야 한다는 것이다. **좋은 글은 독자의 공감을 얻는 글이다.** 독자의 공감을 얻으려면 어떤 것부터 해야 할까? 독자의 시선이 처음 가는 곳에 신경을 써야 한다. 그렇다. **제목**이다. 제목은 독자가 내가 쓴 글을 읽기 전에 먼저 보는 한 문장이다. 이 내용이 독자에게 도움이 된다 판단되었을 때 내 글을 읽어 본다.

제목을 정할 때 심혈을 기울여 한 문장을 써야 한다. 글을 쓰는 것만큼 중요한 일이기 때문이다. 신사임당님도 늘 강조하는 부분이다. 유튜브도 제목이 있다. 바로 썸네일이다. 유튜브 썸네일을 영상 제작하는 것만큼 신경을 써서 만들라고 한다. 제목도 마찬가지다. **글의 내용을 작성하는 것만큼 시간과 공을 들여야 한다.**

글을 쓰기 전에 제목을 정하면 더 좋다. 왜일까? 제목의 한 문장이 글감이 되어 준다. 블로그를 본격적으로 운영한 이후로 늘 어떤 글을 쓸까 고민을 한다. **내가 쓴 글이 단 한 명에게라도 도움이 되면 좋겠다.** 그런 마음으로 글을 쓴다. 유익한 글에 대한 고민이 있으면 늘 한 번 더 생각하게 된다.

좋은 글이 나왔구나 싶은 글들이 있다. 그 글을 자세히 들여다보면 제목을 정할 때 고민을 많이 한 경우다. 제목은 글의 내용을 포함한다. 대학 시절 소개팅을 해 본 경험이 있을 것이다. 상대방을 만나기 전 열심히 이쁜 옷을 입는다. 머리 스타일을 점검하고 마음에 드는 신발을 신고 나간다. 처음 소개팅 대상을 만날 때 서로 '안녕하세요' 하고 인사를 한다. 서로의 얼굴을 본다. 그 찰나의 순간에 느끼는 감정이 **첫인상**이다.

제목은 글을 읽기 전 독자들이 볼 수 있는, 소개팅 자리의 첫인상 같은 것이다. 소개팅 하는 자리에 씻지도 않고 추리닝에 삼선 슬리퍼를 끌고 나온다면 그 사람과 말도 섞기 싫을 것이다. 글을 쓰면서 제목에 단어 하나 넣고 성의 없이 글을 쓴다면 그 글도 보기 싫어진다.

블로그는 내 글을 읽어 주고 공감해 주는 고마운 이웃과 독자가 소통하는 공간이다. 내 글을 읽고 내 공간을 방문한 사람들이 한 가지라도 얻어 갈 수 있도록 글쓰기에 더 노력하자. 특히 제목을 정할 때 사랑하는 사람에게 선물을 준비할 때처럼 신중하게 생각하고 정해 보자. 내용이 좋아지게 되는 경험을 하게 된다.

나의 성공은 중도에 그만두지 않고 한 가지 일에 매달려 지속적으로 노력하는 능력 덕분이다.

- 토머스 A. 에디슨

글쓰기에서 제목이 차지하는 비중이 생각보다 크다. 한 편의 글에서 한 문장은 가져갈 수 있게 하면 좋다. 그 문장이 제목이면 더 좋다. 유튜브에서도 제목에 대한 중요성을 강조한다. 그 제목에 말하고자 하는 핵심을 담아야 한다.

그리고 내용에는 무엇을 넣어야 할까? '한 문장'이 기억나도록 하자. 말하고자 하는 바를 풀어서 적되, 그 글을 읽은 독자가 기억할 수 있는 한 문장을 남기는 것이다.

예를 들어 "성공하고 싶다면 강한 열망이 담긴 꿈을 가지고 끊임없이 노력해서 될 때까지 행동하자"라는 문장을 남기고 싶다면 적절한 예시와 함께 본문의 내용을 구성하자. 그다음 내가 말하고자 하는 이 한 문장을 독자에게 전달할 수 있도록 글을 작성하자.

글쓰기가 필수인 시대다. 보다 효율적인 글을 전달하기 위해 제목에 더 심혈을 기울여야 한다.

〈오레오 글쓰기〉

O : 이 책에서 집중적으로 소개하는 논리적 글쓰기는 오레오다.

R : 왜 글쓰기가 중요한지에 대해 이야기한다.

E : 오레오 글쓰기는 다음과 같다.(사례와 근거를 들어 설명한다)

O : 글쓰기 실력을 키우기 위해서는 느리지만 꾸준히 조금씩 그리고 다작을 하며 공유하고 피드백을 받는다.

- 송숙희, 『150년 하버드 글쓰기 비법』, 유노북스

05 좋은 글쓰기는 생각하는 글쓰기다

좋은 글을 쓰기 위한 사고의 시간을 가져야 한다. 좋은 글을 쓰기 위해 필수적인 것이 바로 생각의 시간을 갖는 것이다.

누워서 가만히 생각을 해 보자. 좋은 글을 쓰려면 좋은 글감이 있어야 한다. 좋은 글감은 그냥 나오지 않는다. 생각하는 시간을 통해서 나온다.

혹은 독서하는 과정 속에서 나오기도 한다. 책을 읽고 있는 동안 번뜩이는 단어가 스쳐 지나간다. 그럼 그 단어를 기억했다가 포스팅의 제목으로 사용하면 된다.

아침에 잠자리에서 일어나면 '명상'하는 습관을 가져 보자. 잠에서 깨어나면서 잠시 명상하는 시간을 가지면 새로운 생각들이 떠오른다. 단, 잠에서 덜 깨서 명상이란 말로 잠을 자란 뜻은 아니다.

생각하는 글쓰기를 지속하면 나다운 글을 쓸 수 있다. 나다운 색깔이 있는 글이란 무엇일까? 바로 작가 ○○○라고 하면 떠오르는 문체나 문장이 될 것이다.

색상 하면 쉽게 떠올릴 수 있는 것이 무지개다. 무지개의 색상은 빨강, 주황, 노랑, 초록, 파랑, 남색, 보라색이다. 적어도 이 정도로 구분되는 본인만의 글 색상을 만들어 보자. 그중 나와 맞는 색상으로 계속 글을 적어 가면 자신만의 색상을 만들 수 있다.

가수도 노래를 부르는 사람만의 색깔이 있다. 발라드 가수도 톤이 여린 사람, 톤이 강한 사람, 록 스피릿이 있는 사람 등 다양한 색깔이 있다. 가수만의 톤이 없는 사람의 노래는 들을 때 별 감흥이 없다.

글도 마찬가지다. 자신만의 색감이 있어야 한다. 독자가 읽을 때 '아! 이 사람은 이런 글톤을 가지고 있구나'란 생각이 들게 글을 써 보자.

글쓰기를 하는 모든 작가의 고민이 '어떻게 하면 더 좋은 글을 쓸까'에 대한 내용이다. 내가 쓴 글로 누군가의 마음을 움직이고 생각을 변화시키는 데 일조할 수 있다는 사실이 얼마나 가슴 벅찬 감동을 주는지 경험해 보지 않은 사람은 알 수 없다.

글은 말과는 다른 글만의 묘한 매력이 있다. 문장의 횡간으로 읽어낼 수 있는 생각은 깊이에 한계가 없다. 아주 깊은 심해로 들어가는 것처럼 생각하는 즐거움을 느끼게 한다.

좋은 글은 어떤 글일까? 좋은 글의 기준은 여러 가지가 있겠지만 읽는 사람에게 감동을 줄 수 있는 글이 좋은 글이라 본다.

한 문장으로 어떻게 사람의 마음을 감동시킬 수 있을까? 그 어려운 질문에 대해 답을 찾아가다 보면 의외로 가까운 곳에서 답을 발견하게 된다.

그 답은 생각하는 글이다. 깊은 생각을 담은 글은 읽는 독자도 생각하게 한다. 명언은 대부분 한 사람의 인생의 경험이 한 문장으로 함축된 경우가 많다. 그래서 더 깊이가 있고 수많은 생각을 하게 되어서 좋은 글로 느껴진다.

글을 잘 쓰고 싶다면 먼저 주제를 정할 때부터 생각을 넣는 습관을 들여 보자. 가볍게 낙서하듯 글을 쓰지 말고 내가 쓴 글이 누군가에게 울림을 줄 수 있으려면 어떤 내용을 담을지 고민해 보자. 그 숙고의 시간이 좋은 글을 만들어 준다.

『강원국의 글쓰기』에서 저자는 대통령의 글을 오랫동안 쓰면서 어떻게 하면 좋은 글을 쓸지 고민했다고 한다. 결국 좋은 글은 읽는 사람이 즐거운 글이어야 한다. 대통령의 연설문은 듣는 사람을 위한 것이기에 듣는 사람이 생각할 수 있으면 좋은 연설문이라 했다.

가볍게 넘어가려 하지 말고 나만의 스토리를 담아 보자. 나만의 생각이 담긴 글은 결코 가볍지 않다. 너무 어렵게 쓴다고 좋은 글은 아니다. 개인적으로 생각하는 좋은 글은 쉽게 쓰고 쉽게 읽을 수 있는 글이다.

그럼에도 결코 내용이 가볍지 않으면 더 좋다. 어떻게 그게 가능할까? 충분히 가능하다. 쉬운 문체로 글을 작성하되 작가의 생각을 담으면 된다.

사람의 생각은 모두 다르기에 생각을 담은 글은 무게감이 생긴다. 그 무게는 생각하는 깊이만큼 무거워진다. 무게감이 있는 글을 마주하게 되면 감동이 밀려올 때가 많다.

그런 글을 쓰기 위해 매번 글을 쓸 때마다 노력해 보자. 오늘보다 내일, 내일보다 모레 더 좋은 글을 쓸 수 있게 된다.

06 좋은 글은 행복한 생각에서 나온다

좋은 글을 써야 나도 좋고 독자도 좋다. 어떤 글이 좋은 글일까? 글자 그대로 긍정적인 생각을 적는 글이다. 여기 힌트가 있다. 좋은 글은 긍정적인 생각에서 나온다.

좋은 것을 생각해야 한다. 우리나라 GDP는 이제 선진국이라 말해도 무방할 정도로 성장했다. 그런데 가만 들여다보면 지금이 힘들다는 사람이 과거보다 더 많다.

70~80년대 시절 우리의 부모님 세대는 지금보다 더 힘든 시기를 살았다. 그때보다 지금이 훨씬 풍요롭지만 부정적인 생각을 더 많이 하고 살아가는 것이 사실이다.

최근 읽고 있는 베스트셀러 중 『도둑 맞은 집중력』이란 책이 있다. 바쁘고 번잡한 시대 덕분에 집중력을 도둑 맞았다는 것이다. 바로 스마트폰에게 도둑 맞았다.

늘 바쁘다. 다른 것이 아니라 마음이 바쁜 것이다. 그 템포를 조절해야 한다. 바쁜 생각들을 내려놓고 속도를 조절해야 한다. 요가를 하거나 명상을 하는 이유도 마인드 컨트롤을 해서 현명한 결정을 내리기 위함이다.

바쁜 속도를 조절하면서 마음에는 긍정적인 생각들로 채워야 한다. 방법이 어렵다면 순수했던 어린 시절의 내 모습을 들여다보자. 초등학교, 중학교 시절 꿈 많던 나와 만나 보자.

분명 긍정적인 기운을 받을 수 있다. 귀엽고 매력적인 나를 기억하면서 현재의 나도 이뻐해 주자. 의외로 자기 자신을 사랑하지 않는 이들이 많다. 그것이 나를 더 힘들게 한다.

자존감이 높은 사람이 어려움도 잘 해결한다는 통계 자료가 있다. 스스로를 존중하고 위해 줄 때 상대방도 나를 더 대우해 주는 것이다.

좋은 글을 쓰고 싶다는 한 독자분과의 짧은 대화를 기록해 본다.

"어떻게 하면 좋은 글을 쓸 수 있나요?"
"네, 좋은 글은 좋은 생각에서 나옵니다."
"좋은 생각을 하고 싶은데 마음대로 되지 않네요. 머릿속이 복잡해요."

"조금은 힘들 수 있겠지만 머릿속의 생각들을 꺼내서 정리해 보세요. 그리고 긍정적인 생각들로 채우는 거죠."
"네, 한번 노력해 볼게요. 은근히 부정적인 생각들을 자주 했던 것 같아요."
"맞아요. 누구나 긍정적인 생각을 할 때가 있고 부정적인 생각을 할 때가 있죠. 긍정의 빈도를 더 높이는 게 좋은 글을 쓰는 방법이에요."
"감사합니다. 긍정적인 생각을 하려고 더 노력해 봐야겠어요."
"화이팅입니다^^"

특별한 것이 없다. 그저 생각을 긍정적으로 하면 된다. 그게 말처럼 쉽지 않은 게 사실이다. 그래서 노력해야 한다. 매일 좋은 생각들을 더 하기 위한 실천들을 더해야 한다.

스스로 하기 어렵다면 하루 한 문장씩 좋은 생각을 해 보자. 글을 쓰는 것도 A4용지 한 장을 쓰려면 어렵지만 한 문장은 쉽지 않은가? 마찬가지로 좋은 생각도 한 문장을 해 보는 것은 어렵지 않다.

함께 좋은 생각으로 좋은 글을 생산하는 생산자가 되어 보자.

07 글쓰기의 핵심 주제를 정하는 방법

글쓰기를 해 보면 글의 핵심이 '주제 정하기'임을 알 수 있다. 핵심 문장 한 줄이면 한 챕터를 완성할 수 있다.

글을 풀어내는 데 핵심이 되는 주제는 어떻게 정해야 할까? 생활 속에서 찾아내면 된다. 가장 편한 방법이다. 모두에게 공평하게 시간이 주어진다. 하루 세끼 식사를 하고 업무를 본다. 경험하는 시간의 흐름 속에 나와 맞는 글감을 찾으면 된다.

글감을 보려는 노력 덕분에 관찰하고 생각하게 된다. 글쓰기를 하려는 생각을 갖고 있으면 대수롭지 않게 넘어가던 것들도 눈여겨보게 된다.

예를 들면 여행을 갔다고 가정해 보자. 글쓰기를 하지 않는 사람은 여행 시간을 그대로 즐기면서 보낸다. 반면 글감을 찾는 작가들은 여행에서 명문장들을 찾아낸다.

필자를 예로 들면 '여행을 통해 에너지를 회복하자', '휴식을 해야 하는 이유' 등의 주제를 찾았다.

주제를 찾을 때 '좋은 문장을 써야지', '좋은 글을 쓰고야 말겠다' 등의 욕심을 부리면 힘들어진다. 자연스럽게 힘을 빼야 한다. 장소가 주는 여운이 있다. 경험이 주는 생각이 있다. 휴식이 주는 여백이 있다.

그런 것들을 그대로 받아들이면 살아 숨 쉬는 글감이 된다. 생각을 구체화하는 더하기는 한 문장으로 나온 주제를 발전시킬 때 사용하면 된다.

주제는 핵심 메세지를 전달하는 역할을 한다. 핵심만 전달하는 한 문장을 간결하게 뽑는 연습을 해 보자.

08 어떤 글을 써야 할까?

소비자는 -의 영역을 열고 생산자는 +의 영역을 연다. 무엇이든 줄어드는 것보다 늘어나는 게 좋다.

농경사회가 시작된 이후 풍요로움을 여는 것은 생존과 직결된 문제였다. 양질의 생산품(쌀, 과일 등)이 있어야 의식주를 해결할 수 있었기 때문이다.

현대사회로 오면서 생활에 필요한 기본적인 것들은 대부분 해결되었다. 이제 무엇이 필요할까?

마음과 생각을 살피는 것이 필요하다. 2020년대 이후로 정신과 환자 수가 급증했다고 한다.

ADHD, 우울증 등 다양한 병증으로 찾아온다고 한다. 마음을 따뜻하게 하고 치료하는 것이 중요한 시대가 된 것이다.

필수 소비재가 의식주에서 생각의 영역으로 넘어가고 있다. 이때 가장 필요한 생산자는 마음을 만져 주는 역할을 하는 사람이다. 마음을 어루만지는 가장 효과적인 생산품은 글이다. 사람의 마음을 만지는 글, 위로하는 글이 필요한 이유다.

나를 생각해 주는 글을 만나면 아팠던 마음이 치유된다. 내가 좋은 것은 다른 사람도 좋다. 마음을 따뜻하게 하는 글을 쓰자. 온기가 있는 글을 생산하는 것이 가장 필요한 시대다. 누군가의 마음에 깊은 울림을 주는 글을 생산하자. 내 글을 통해 행복을 얻는 사람들이 늘어날수록 나의 행복도 커지는 경험을 얻게 된다.

글쓰기를 통해 사고의 폭을 넓히면 보는 시야도 늘어난다. 의사소통 능력이 커진다. 다른 사람을 주의 깊게 살필 수 있게 된다. 그래서 마음의 어떤 부분을 어루만져야 하는지 알게 된다. 다른 사람들이 필요로 하는 따뜻한 글을 생산하게 된다. 사람의 마음을 훈훈하게 하는 일은 너무 기쁜 일이다.

누군가에게 감사 인사를 받으면 너무 기분이 좋다. "좋은 글로 위로 받았어요", "덕분에 오늘 하루 힘낼 수 있어서 감사해요" 같은 말을 듣는 글을 생산하자. 이런 아름다운 글을 생산하는 사람이 앞으로도 더 필요한 시대다.

09 모닝 루틴이 필요한 이유

모닝 루틴을 세워야 한다. 누구나 바쁜 일상을 살아간다. 그래서 자신의 시간을 확보하지 않으면 자기 계발을 놓치기 쉽다. 끌려다니는 삶에서 주체적인 삶으로의 변화는 모닝 루틴에서 시작된다.

필자는 아침 시간을 글쓰기에 사용하고 있다. 언제가 되든 좋다. 본인이 시작해야 하는 시간보다 1시간만 일찍 시작하면 된다. 1시간이면 많은 것들을 할 수 있다. 그날 해야 할 포스팅, 댓글 소통, 책 쓰기, 유튜브 편집 등이 가능하다.

아침 시간에는 일상의 업무는 배제한다. 오롯이 본인의 가치를 올리는 것에 집중한다. 때론 독서를 하기도 한다. 명명하자면 '생각의 시간'이다. 일어나자마자 간단한 세수와 머리를 감는다.

그리고 뇌를 활성화시킨다. 생각을 통해 구체화의 과정을 가진다. 그 내용을 토대로 글을 적는다. 전화, 문자, 카톡, 이메일의 방해를 받지 않는다. 덕분에 기승전결의 깔끔한 글을 생산할 수 있다.

제품이 하나 생성되기까지 여러 가지의 과정을 거친다. 간단히 양식장의 방어를 출하한다고 가정해 보자. 양식장에서 출하장까지 방어를 싱싱하게 잘 가지고 왔어도 출하장이 지저분하다면 양질의 물고기를 제품으로 납품하기 어렵다.

마찬가지로 글도 똑같다. 생각에서 글쓰기까지 가는 동안 방해 받지 않는 시간이 필요하다. 글을 쓸 때 번잡한 생각을 내려놓아야 한다. 방해 받는 요소들을 정리해야 한다.

그걸 종합해 보면 업무 시작을 위한 준비 시간 1시간 전을 확보하는 게 가장 효율적이었다. 매일 아침 마법의 1시간을 만나면 인생이 달라진다.

10 좋은 글은 일상에서 만들어진다

좋은 글을 쓰고 싶은 마음은 글을 쓰는 모든 작가가 동일하다. 글감이 생각나지 않을 때 고민을 한 적이 있다. '어떻게 하면 글감에 대한 고민 없이 좋은 글을 쓸까?' 글을 쓰는 사람이라면 누구나 공감할 수 있는 고민이다.

그래서 필자가 찾은 결론은 '일상생활 속에서 글감을 찾자'였다. 하루를 보내다 보면 감명 깊게 기억에 남는 일들이 있다. 글쓰기가 어려운 사람이 일기부터 시작하면 편한 이유이기도 하다. 하루를 되짚어 보면 기억에 남는 사건들이 있다.

그 내용을 타이틀로 해서 연결된 내용을 적고 자신의 생각을 첨부해서 쓰면 된다. 세상에 하나뿐인 것이 가장 가치가 크다. 그건 바로 세상에 하나뿐인 나의 생각을 글로 쓰는 것이다. 나에게 감명 깊었던 일은 글을 읽는 사람에게도 그대로 전달된다.

책을 출간하고 독자들의 후기를 들으면서 정말 생생한 경험을 했다. "쉽게 읽혀서 너무 좋았어요", "위로가 되어서 너무 힘이 되었어요" 이런 말을 들을 때면 가슴이 두근거린다. 책을 쓰면서 가장 전달하고 싶었던 두 가지 의도가 그대로 독자들에게 전달되었기 때문이다.

좋은 글은 하루 생활을 통해 찾으면 된다. 하루 중 가장 기억에 남는 일을 기록으로 남기자. 한 문장으로 메모를 남기자. 예를 들면 이렇게 하면 된다. 필자는 매일 아침 1시간의 시간을 가진다. 아침에 일어나서 1시간을 보내면서 느끼는 점을 문장으로 남긴다.

하루 1시간의 자신만을 위한 시간을 스스로를 성장하게 한다.

이렇게 한 문장의 느낀 점을 기록하면 제목으로 쓸 수 있다. 그다음 들어가야 할 내용은 너무 쉽게 쓸 수 있다. 직접 1시간을 보내고 무엇을 했는지, 어떻게 시간을 보냈는지 쓰면 된다. 그리고 마지막에 1시간을 보내고 느낀 점(생각)을 적는 것이다.

말은 쉬운데 글로 표현하는 게 어렵다고 하는 독자들이 있을 것이다. 그럼 어떻게 해야 할까? 그렇다. 글을 자주 써 보면 된다. 글쓰기는 경험의 영역이다. 글을 아주 잘 쓰는 사람을 만난다면 9할 이상이 글쓰기를 실천적 노력으로 계속해 온 사람이다.

11 영광의 상처를 반기자

요즘 글쓰기에 집중하는 시간을 보내고 있다. 어떤 일이든 영광의 상처가 있기 마련이다. 하루는 열 손가락이 모두 쥐가 난 것처럼 아프길래 '왜 이렇지?'라고 생각하고 찾아봤더니 작가들의 고질병이라고 한다.

손목이 아파서 병원에 갔더니 팔목 터널증후군 증세가 보인다고 했다. 그 말을 들은 아내가 마음 아파했다. 아내가 손목 압박 테이핑을 보여 주면서 "여보, 팔목 아프면 이거 팔목에 감으래. 그럼 조금 나아진대"라고 말해 주는 것이다.

뭉클한 감동이 있었다. 아내의 응원과 지지가 큰 힘이 된다. 작가들은 대부분 터널증후군과 함께 살아간다고 한다. 가수들은 대부분 성대와 관련된 어려움을 경험한다.

한 부분을 자주 사용하니 어쩔 수 없는 부분이다. 이런 시간을 견뎌내야 한다. 그래야 멋진 명장이 될 수 있다. 자신만의 컬러를 가진 작가가 되려면 무던히도 쓰는 시간을 오래 가져가야 한다.

글 쓰는 경험이 쌓이고 쌓여서 좋은 글이 나오기 때문이다. 올해 터널증후군 덕분에 준비한 것은 키보드와 키보드 패드, 그리고 노트북 거치대다.

노트북으로 글을 쓸 때는 팔도 더 아프고, 목도 더 아팠다. 책을 쓰려는 분들이 있다면 꼭 구매해 보길 권한다. 키보드와 키보드 패드, 그리고 노트북 거치대만으로도 훨씬 팔목이 덜 아프고 목도 관리할 수 있다.

그래서 요즘은 팔목 스트레칭을 자주 해 주고 있다. 무엇이든지 건강해야 롱런할 수 있다. 필자의 계획은 매년 책을 출간하는 작가가 되는 것이다. 누군가의 마음에 감동을 주고, 울림을 줄 수 있는 글을 계속 써 나가고 싶다.

팔이 아프고, 목도 아프다. 손가락 끝이 쥐가 난 것 같은 상태일 때가 자주 있다. 그래서 행복하다. '잘하고 있구나!'란 마음의 소리가 들린다.

때로는 영광의 상처를 즐기자. 글로 다른 사람을 위로하고, 감동을 줄 수 있다는 것이 얼마나 가슴 벅찬 일인가? 명장으로 성장해 가기 위한 영광의 상처가 훈장이 되기도 한다.

양궁을 하는 분에게 들은 말이 있다. 손가락에 피가 날 정도로 연습을 하면 실력이 한층 성장한다는 내용이었다. 글쓰기도 잘하고 싶다면 손목이 아프고, 손가락 끝이 저려 올 때까지 한번 해 보자.

상처가 별이 되어 내게 다가오는 날을 만날 수 있다. 그 별에 우주까지 뻗어 갈 수 있도록 열심을 내어 보자.

나와 여러분의 글쓰기를 응원한다.

12 독창성 있는 글을 쓰자

글쓰기를 할 때 중요한 요소 중 하나가 독창성이다. 세상에 하나뿐인 글이 될 때 그 가치가 빛나게 된다. 글에 독창성이 실리게 하는 방법은 간단하다. 작가의 스토리를 담아내면 된다. 글쓴이의 생각을 쓰고 글쓴이의 경험을 쓰는 것이다. 모든 사람이 살아가는 환경이 다르고 생각이 다르기에 자신의 내용을 쓰면 세상에 하나뿐인 이야기가 된다.

수차례 언급했지만 이때 주의할 점은 모두가 경험할 수 있는 영역은 제외하고 써야 한다는 것이다. 그래서 글쓰기를 위해 생각의 시간을 확보해야 한다. 내가 경험한 것을 그대로 쓰기보다는 '경험 + 생각'의 구조로 적는 것이 좋다. 일기를 쓸 때도 그 글이 무미건조하지 않으려면 '있었던 일 + 생각'을 적으면 된다.

마찬가지로 모든 글에 생동감이 있으려면 '그 글의 내용 + 생각'이 들어가면 된다. 글을 다 적고도 한 번 더 점검해 보면 좋다. '이 글이 세상에 하나뿐인 글인가?'에 대한 질문에 답을 하면서 다시 읽어 보면 수정해야 할 부분들이 보인다.

당연한 말 같지만 좋은 글은 좋은 글을 쓰려는 노력에서 나온다. 그 생각이 연결되어 글쓰기에 활력이 생긴다. 당신의 경험을 적어 보자. 그리고 반드시 생각도 함께 넣어 글을 쓰자. 한 사람의 경험을 들여다 보는 것은 늘 새로운 즐거움이 있다. 그래서 필자의 글에도 경험을 넣는 경우가 많다. 블로그 5포 챌린지, 일상, 가족, 업무 등 다양한 생활 속에서 일어난 일들을 글로 옮겨 적는다.

그리고 생각을 덧붙인다. 나의 스토리를 다른 사람이 궁금해할 것 같지 않은가? 그렇다면 당신의 글을 들여다보자. 조심스레 예상해 보건대 당신의 경험을 쓴 글에 생각이 빠져 있을 것이다.

글쓰기를 시작한 초창기의 필자가 그랬다. 그래서 공감할 수 있다. 내 경험을 썼는데 아무도 궁금할 것 같지 않은 글이 나온다. 그때는 왜 그런지 몰랐다.

시간이 지나고 글쓰기를 계속 하다 보니 깨닫게 되었다. 경험에 생각이 빠져 있었다. 그래서 생동감이 떨어지는 것이다. 글에도 신선함이 있어야 한다. 횟집에 펄떡펄떡 뛰는 대방어처럼 힘이 있어야 한다.

그 힘은 경험에 생각이 덧붙여질 때 생겼다. 이제 당신의 글에도 활력을 넣어 보자. 경험을 쓰고 생각을 덧붙이는 연습을 해 보자. 그렇게 쓴 글을 읽어 보면 세상에 하나뿐인 글이 무엇인지 알 수 있게 된다.

예를 들어서 한번 써 보겠다.

명절에 가족들과 만나서 여행도 하고 맛집도 다니면서 즐거운 시간을 보냈다. (경험)

이렇게만 쓰면 글이 건조해진다. 앞에 언급한 것처럼 경험만 서술했기에 흥미를 가지기 힘들다. 여기에 생각을 붙이면 달라진다.

명절에 가족들과 만나서 여행을 했다. 여행이 주는 기쁨은 늘 크지만 가족들과 함께하는 시간은 새로운 생동감이 있어 더 행복했다. 종종 가족들과 함께 가까운 곳을 여행하면서 이 즐거움을 느끼며 살아가야겠다. 여행을 하면서 들른 갈치 맛집도 기억에 남는다. 사장님이 손수 갈치를 손질해 주셔서 편하게 먹을 수 있었다. 이 맛에 열심히 사는 것 아닌가 싶다. 일할 때 힘든 순간을 잘 참아낸 보상으로 갈치 맛집을 왔다 생각하니 일에 대한 생각도 더 긍정적인 방향으로 번지는 좋은 경험을 했다. 매일을 열심으로 채워서 휴일이 왔을 때 가족과 여행도 다니고, 맛집도 다닐 수 있도록 해야겠다. (경험 + 생각)

어떤 글이 읽기에 좋은가? 당연히 후자다. 첫 번째 글은 큰 관심이 생기지 않는다. 반면 두 번째 글은 읽으면서 독자도 생각을 하게 된다. 나의 상황에 빗대어 생각 주머니를 열어 볼 수 있다. 내 가족과의 여행, 맛집 투어 등에 대해 독자의 관점에서 생각할 수 있다. 좋은 글은 공감이 되는 글이다.

작가의 생각을 글로 표현하면 독자가 생각할 수 있는 좋은 글이 된다. 좋은 글을 쓰고 싶은데 무언가에 막혀서 실력이 늘지 않는다는 생각이 든다면 '경험 + 생각'을 적는 방법을 사용해 보시길 권해 드린다. 조금 더 나아진 나의 글을 볼 수 있게 될 것이다.

Summary

좋은 생각을 하기 위해 하루 종일 고민한다. 그리고 생각한다. 좋은 문장이 지나가면 그 한 문장을 반드시 붙잡는다. 좋은 글을 쓰기 위해 하루를 보내면서 좋은 문장을 잡는 방법을 연습을 통해 경험치를 쌓아 가야 한다. 그렇게 잡은 좋은 문장, 좋은 단어 하나가 더 좋은 글을 작성할 수 있게 한다.

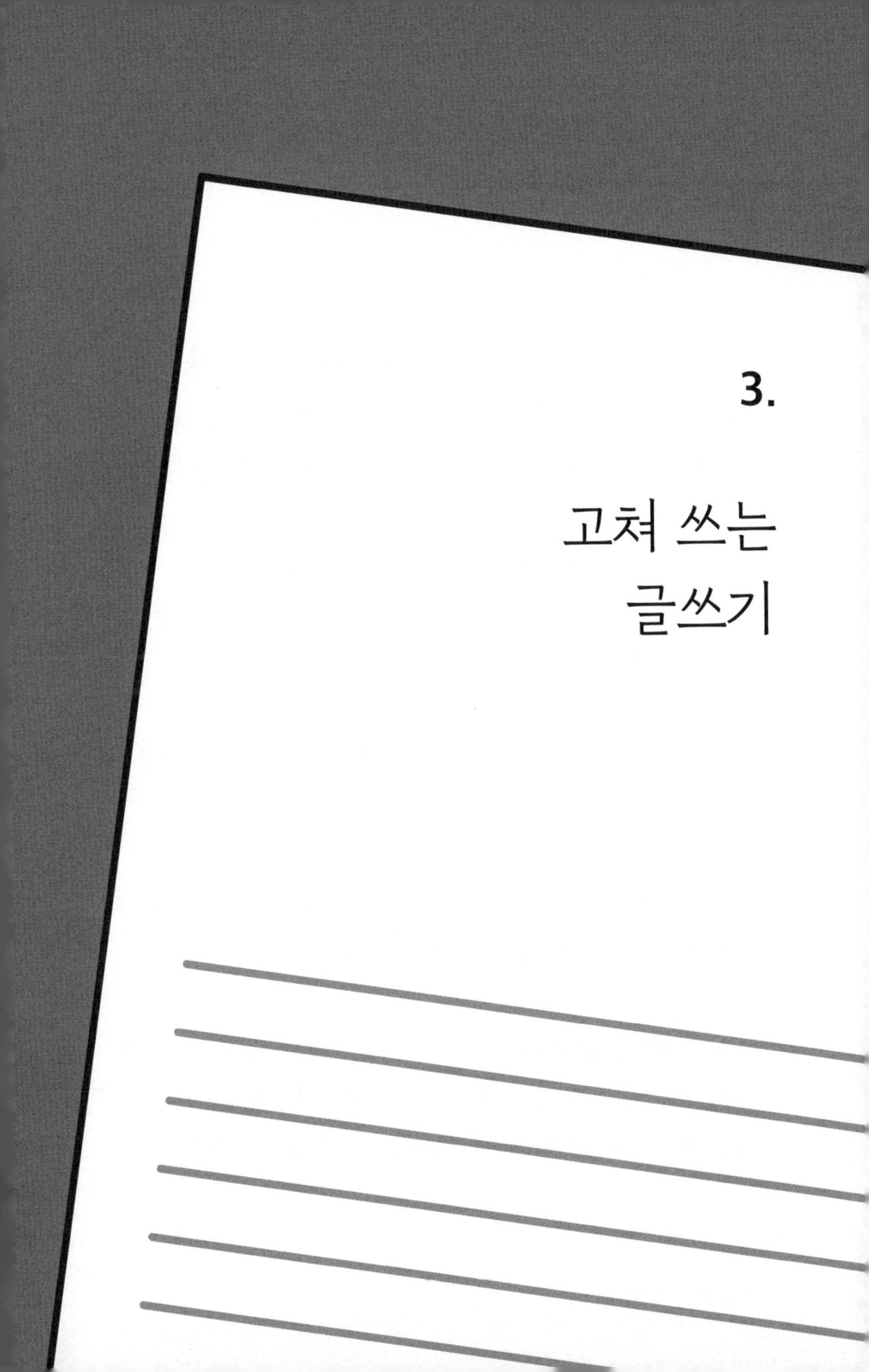

3.

고쳐 쓰는 글쓰기

01 수정해서 쓰는 글

모든 글쓰기에는 수정 작업이 필수다. 한 번에 모든 문장을 적어 내려가는 것은 초고를 쓸 때 필요한 일이다. 한 번에 좋은 문장을 쓸 수도 있지만 대개 명문장은 여러 번의 탈고를 거친 문장일 때가 많다.

탈고를 하면 이런 점들이 좋다.

첫째, 문장의 오탈자를 발견해 고칠 수 있다.
둘째, 문장의 어색한 단어나 연결고리를 찾아 수정할 수 있다.
셋째, 미처 생각하지 못한 좋은 문장들을 첨부하여 글을 완성할 수 있다.

노력을 강조하는 시대다. 글쓰기에도 동일하게 이 노력이 필요하다. 글을 쓰는 노력도 필요하지만 탈고하는 노력이 더 중요하다.

'나는 작가가 아닌데?'라고 반문하는 이웃, 독자들이 있을 것 같다. 현대를 살아가는 모든 사람이 작가다. 블로그를 쓰거나 일기를 쓰는 것 모두 글쓰기의 한 종류다. 대상이 있느냐 없느냐의 차이가 있을 뿐이다.

글쓰기로 사람은 더 멋지게 성장할 수 있다. 이왕 쓰는 글이라면 좋은 글을 쓰는 게 더 좋지 않나? 그 글들이 모여 작가가 되지 말라는 법도 없다.

우리가 우러러보는『해리 포터』의 조앤 K. 롤링 작가도 그 책이 유명해질지 예상 못 했다. 심지어 '책으로 내도 되나?'라는 고민을 했다고 한다.

내가 쓰는 글도 베스트셀러가 될지 모른다. 그래서 좋은 글을 쓰기 위한 탈고 작업에 더 노력을 기울여야 하는 것이다.

02 더하기보다는 빼기를 해 보자

글쓰기를 하다 보면 본의 아니게 더하기를 많이 하는 경우를 만나게 된다. 한 문장으로 써도 되는데 두 문장이 되어 버리는 경우를 만난다. 무던히도 더하기를 해야 좋은 글이 될 것 같은 착각을 느끼기도 한다.

글쓰기를 할 때는 빼기에도 신경을 써야 한다. 한 번 쓴 글을 살펴보고 빼기를 하면 어떤지 체크해 보자. 두 개의 문장을 하나의 문장으로 줄여 보자. 생각보다 좋은 문장을 만나게 되는 경험을 하게 된다.

영국 정부와 프랑스 정부의 콩코드 투자는 결국 실패했다. 매몰비용 편향에 빠진 탓이다.
(매몰비용 편향이란 어떤 대상에 대해 시간, 돈, 노력 등을 이미 투자한 경우, 해당 대상에 대한 투자가 손해라는 것을 알게 되더라도 계속 투자하게 되는 성향을 뜻한다.)

콩코드 여객기의 운항 시간은 획기적이었다. 획기적인 시간 절약이 가능했지만 노선을 유지하기 위해선 막대한 비용이 들었다. 비용은 늘 적자였다. 한번 콩코드에 지원하기 시작한 영국 정부와 프랑스 정부도

이 사실을 몰랐을 리 없다. 이 사실을 인지하고도 매몰비용 편향에 빠져 계속해서 투자해서 실패라는 결과를 받게 된 것이다.

글쓰기도 다르지 않다. 잘못된 방향인 걸 알았으면 거기서 멈춰야 한다.

글을 멋있게 쓰려는 마음,
글에 어려운 단어를 써 뽐내려는 마음,
독자에게 글 잘 쓰는 작가처럼 보이려는 마음 등에서 벗어나야 한다.

오롯이 독자가 읽기 쉽고 받아들이기 쉬운 글을 써야 한다. 내가 쓴 글은 내가 제일 잘 안다. 쓴 글을 읽어 보면 글쓰기의 방향성이 잘못되었음을 본인이 제일 잘 알 수 있다. 그때 멈춰 서서 잘못된 부분을 고쳐야 한다. 그것이 탈고의 과정이다. 이때 영국 정부와 프랑스 정부의 콩코드 투자처럼 매몰비용 편향에 빠져서는 안된다.

'이왕 쓴 글이니 끝맺음을 내 버리고 모른 척 넘어가자' 이런 태도는 곤란하다. 내 마음에 들지 않는 글이 독자의 마음에 들면 그것도 이상하지 않은가?

글쓰기를 할 때 더하려고만 하지 말자. 빼기에 신경을 써보자.

어떤 내용을 빼야 할지,

어떤 단어를 빼야 할지,

어떤 문장을 빼야 할지 고민해 보자.

그렇게 고민하고 내어놓는 글이 사람의 마음을 움직이게 한다. 유명한 작가들도 수없이 고치는 과정을 통해 완벽한 글을 만들어 낸다.

내 초고는 쓰레기였다.

- 어니스트 헤밍웨이

03 글쓰기에서 작문만큼 중요한 것은 탈고다

탈고는 원고 쓰기를 마쳤다는 의미를 갖고 있다. 책을 내기 전 탈고한다는 말은 현재까지 쓴 책의 내용을 계속해서 읽어 보며 내용을 수정하는 것을 말한다.

정확한 표현은 작성된 글을 수정하고 있다고 하는 게 맞는 표현이다. 통상적으로 책을 마무리하는 과정을 탈고한다고 표현한다. 글쓰기 마무리 작업을 지칭하는 정확한 표현은 퇴고다. 이번 글에서는 탈고로 사용되고 있는 표현을 퇴고로 통칭해서 표현하겠다.

글쓰기를 하면서 작문을 하는 초고를 만드는 작업보다 훨씬 에너지가 많이 들어가는 작업이 퇴고다.

퇴고 작업은 크게 1. 원문 고치기 2. 띄어쓰기 수정 3. 맞춤법 확인 4. 문장 배열 확인 5. 중복된 문장 찾기 등으로 이루어진다.

(1) 원문 고치기

처음 쓴 글은 날것 그대로의 감성은 있지만 정제되지 않은 표현이 들어가기에 일부 수정이 필요하다. 내가 쓴 글이지만 계속해서 다시 읽어 가다 보면 나의 의도와 전혀 다르게 적힌 것을 알게 될 때가 있다.

바로 시각의 관점 차이에서 온다. 작가는 본인이 쓰는 글을 모두 연결성 있게 알고 있으나 독자는 모른다. 앞뒤를 모르고 행간에 내포하고 있는 의미는 더 다른 관점에서 보기에 작가는 독자가 글을 작가의 의도를 꿰뚫을 수 있도록 직관적이고 쉽게 써야 한다.

독자가 작가의 상상력을 넘어서 더 깊고 넓은 의미로 해석을 하는 것도 가능하다. 그러기 위해서는 작가가 더 본인의 글을 정제하여 쓰고 그 깊이를 깊게 만들어 둘 필요가 있다.

(2) 띄어쓰기 수정

원문 고치는 작업이 마무리되면 띄어쓰기를 봐 줘야 한다. 띄어쓰기가 잘못된 문장을 보면 무언가 모를 불편함이 올라온다. 그런 부분들을 제거해 주는 작업이 중요하다.

(3) 맞춤법 확인

생각보다 이 부분에서 실수가 많다. 많은 작가분들이 똑같이 할 수밖에 없는 실수지만 최대한 잡아내야 한다. 제대로 된 글쓰기, 정제되고 정갈한 글쓰기는 음식상 차리기와 맞닿는 면이 있다. 같은 음식이라도 제대로 이쁜 그릇에 세팅된 식탁과 아무렇게나 일회용 접시에 담겨 여기저기 중구난방으로 놓인 식탁은 그 결이 완전히 달라진다.

(4) 문장 배열 확인

문장의 앞뒤 구조가 맞지 않는 경우를 말한다. 읽는 사람 입장에서는 '이게 무슨 말이야?'라는 생각을 하게 한다. 의도된 문장 위치 변경은 괜찮다. 의도치 않은 문장 배열에서 앞뒤가 바뀌면 마치 몸이 유체이탈된 것 같은 느낌이 들기에 이런 문장들은 찾아 위치를 잡아 줘야 한다.

(5) 중복된 문장 찾기

중복된 문장 찾기도 중요하다. 작가가 원해서 강조를 위해 두 번, 세 번 넣은 것은 괜찮다. 이 부분 역시 원하지 않았는데 같은 스토리가 두 번 들어갔다가 지루해질 수 있기에 찾아내 수정해야 한다.

퇴고를 하면서 느끼는 점이 역시 글을 계속 쓰고 수정해야 한다는 것이다. 첫 번째 책보다 두 번째 책이 낫고, 세 번째 책이 더 나아지는 것이 경험과 노력 때문이라는 것을 다시 한번 느끼게 된다.

좋은 책을 쓰고 싶다는 마음은 어느 작가에게나 같은 생각일 것이다. 깊이가 있고 넓이가 있는 글은 그저 생각에서 나오지 않는다. 글 쓰고 수정하고 바꾸고 고쳐 쓰는 것에서 나타난다.

좋은 글을 쓰고 싶다고 말만 하지 말고 내가 쓴 글을 다시 보고 고쳐 써 보자. 그리고 『강원국의 글쓰기』에 나오는 것처럼 눈으로만 보지 말고 인쇄해서 종이로 읽으며 줄을 치면서 보자. 한 차원 높아지는 글의 수준을 경험하게 될 것이다.

글쓰기에 대해 막연하게 생각하는 이들이 많다. 어떻게 시작해야 하는지 모르겠다는 사람들도 자주 본다. 나도 그랬다. 그래서 '조금 더 나은 글을 쓰려면 어떻게 해야 하나?'를 생각하며 이번 책을 쓰다 보니 앞서 언급한 5가지를 잘 확인하면 조금 더 나은 글을 작성할 수 있다는 것을 느꼈다. 글쓰기에 대해 고민하는 이들에게 이 글이 작은 도움을 주었으면 좋겠다.

04 일상의 루틴이 깨질 때의 글쓰기

하루 24시간이 부족하게 업무가 바쁠 때가 있다. 일을 정리하고 퇴근 시간이 10시일 경우가 있다. 그럴 때면 정리해야 할 일들을 마무리하고 씻으면 11시 30분이 된다.

아침에 출근해서 저녁 늦게 퇴근했기에 '쉬고 싶다'는 합리적 유혹이 슬슬 다가온다. '오늘은 정말 열심히 살았는데 좀 쉬어도 되지 않을까?' 글쓰기를 건너뛰고 싶은 욕망이 올라온다. 이럴 땐 어떻게 해야 할까?

신체의 피로와 적절히 타협해야 한다. 글쓰기는 롱런의 과정이다. 힘써 에너지를 다 쓴 날은 적절히 쉬어 줘야 한다. 퇴근 후 30분에서 1시간의 글쓰기를 했다면 이날은 수고한 스스로를 칭찬해 주자. '그래, 알파야. 오늘은 수고했으니 10분만 글쓰기를 하자.'

중요한 것은 멈추지 않는 것이다. 그래서 잠들기 전 10분에 집중력을 더해서 한 편의 글을 완성한다. 약 800~1500자 정도면 한 편을 완성할 수 있다. 10분 만에 한 편의 글을 써야 하기에 강렬한 인상을 남긴 내용을 적는다.

하루 중 가장 기억에 남는 내용을 글로 옮기면 10분에도 의미가 있는 글을 남길 수 있다. 그다음 부족한 20분은 어떻게 해야 하나? 바로 다음 날 30분 일찍 기상으로 바꾸는 것이다. 매일 아침 1시간 자신만의 시간을 확보하는 것에 +α 20분을 더한다. 그건 충분히 가능하다.

오늘은 수고한 나에게 단잠을 선물하고 내일 20분 일찍 일어나는 것이다. 살아가다 보면 내가 정해진 루틴이 깨질 때가 있다. 회의, 미팅, 급한 약속, 가족 이슈 등 다양한 변수가 우리 곁에 있다.

그것들을 모두 제어하면서 살아가야 한다. 그래서 글쓰기는 늘 타협의 대상이 될 때가 있다. 그럴 땐 타협해야 한다. 독불장군처럼 굴다간 주변에 소중한 사람을 모두 잃을 수 있다.

중요한 것은 계속 이어 나가는 것이다. 가장 현실적이고 마이너스 되는 부분이 적은 방법이 10분 +α 20분이었다. 하루를 열심히 마감했는데 글쓰기를 놓쳤다면 내가 쓰는 방법을 한번 사용해 보시길 권해 드린다.

저녁 10분은 해 볼 만하다. 아침 20분도 그렇게 큰 피로감이 없다. 하지만 이 30분을 놓친다면 힘써 이어 왔던 루틴을 다시 만들어야 한다.

생각 → 행동 → 습관 → 루틴의 과정을 거쳐 하나의 루틴이 완성된다. 이걸 만들기까지 100일의 시간이 걸린다.

한 번 깨지면 다시 100일이 걸릴지도 모른다. 한 번이 무섭다. 한 번 멈추면 두 번은 쉬워진다. 포기하지 말고 적절히 타협해 보자. 1일 1포를 선언한 분들은 1포를 못한 날은 반포를 해 보자. 절반을 적어서 저장해 두고 내일 절반을 적어서 올리는 것이다.

포기와 타협은 분명히 다르다. 글쓰기를 하고자 하는 좋은 열망이 당신의 글을 디벨롭해 줄 것이다.

세상에 쉽게 얻어지는 것은 없다. 위대한 결과는 열심을 낸 시간과 그 속에 '꼭 해내고야 말겠다'는 열정이 만들어 준다.

Summary

글을 쓸 때 힘을 빼야 한다. 작가의 글에 힘이 들어가는 순간 독자는 피로해진다. 피로한 글은 생산성이 낮다. 한 권의 책은 작가의 정수가 담기는 글이다. 덕분에 생산성이 높아야 한다. 좋은 책을 쓰기 위해 힘을 빼고, 줄일 것은 줄여서 가장 간결하고 전달력 있는 글을 쓰자. 그 중심에는 작가의 잘하고자 하는 욕심을 빼는 것이 있음을 명심해야 한다.

4.

매력 있는 글쓰기

01 작가의 색깔을 넣자

좋은 글 쓰기에 대한 고민은 누구에게나 있다. 필자도 '좋은 글을 쓰려면 어떻게 해야 할까?'를 늘 고민하고 있다. 고민에 대한 답을 내기 위해 요즘 『강원국의 글쓰기』를 읽으며 도움을 받고 있다.

글쓰기에 대한 고민을 통해 내린 결론은 크게 네 가지다.

첫째, 나만의 생각을 글로 적는다.
둘째, 읽는 독자에게 도움이 되는 글을 적는다.
셋째, 이해하기 쉬운 예시를 들어 글을 적는다.
넷째, 쉬운 글을 쓰는 것이다.

첫째, 생각을 적은 글은 개성과 통한다. 어떤 분야든 개성이 있는 사람이 인기를 얻는다. 연예인도 예쁘거나 잘생긴 사람도 좋지만 그 사람만의 개성이 분명한 사람을 좋아한다. 유해진 배우 같은 경우가 그렇다.

사업에서는 같은 떡볶이집인데 맛이 다른 집이 있다. 그 집만의 특별

한 소스가 있는 경우다. 가수도 특유의 음색이 있는 경우 더 좋아하게 된다. 아이유 하면 떠오르는 특유의 음색이 그렇다.

이런 것처럼 글도 개성이 필요하다. 그 개성은 나의 생각을 담는 글에서 나온다. **70억 인구 중 나는 한 사람뿐이기 때문에 내 생각과 같은 글은 전 세계에 존재할 수 없게 되기 때문이다.**

모든 글에 내 생각을 넣어 생산성 있는 글을 쓰게 되면 그 글은 충분한 매력을 가지게 된다.

둘째, 독자가 필요한 글이다. 내 글을 읽는 누군가는 타인이다. 글을 쓰는 목적이 나를 위한 것이라면 그것은 일기가 되는 것이다. 일기도 글쓰기 실력을 늘리기 좋다.

하지만 글은 기본적으로 다른 사람들과의 교감을 통해 더 성장한다. 댓글이나 공감을 통해 독자가 도움을 받고 있는지, 호응하고 있는지 확인할 수 있다.

무엇보다 독자가 내 글을 보고 좋아하면 그로 인한 행복과 기쁨의 마음이 생겨 작가에게도 긍정적인 효과를 준다. 글쓰기를 더 즐거워하고 더 좋은 글을 쓰기 위해 노력하게 된다.

셋째, 이해하기 쉬운 예시다. 『부자의 자세』에 보면 김밥집 얘기가 자주 나온다. 김밥집을 어떻게 운영하는지는 누구나 연상할 수 있는 예시다.

너무 허구적인 사실을 늘어놓는 것보다 더 사실적으로 받아들일 수 있는 쉬운 예시가 필요하다.

어려운 예시를 쓰면 독자에게 원하는 내용을 보다 효율적으로 전달하기 어렵다. 또한 예시를 쓸 때는 **내가 경험한 내용을 적는 것이 좋다. 그래야 더 흡입력이 높아지기 때문이다.**

넷째, 쉬운 글이다. 좋은 책을 보면 어려운 단어가 없다. 그들이 지식수준이 부족해서 어려운 용어를 사용하지 않는 것이 아니다. 독자를 배려하는 것이다.

글에도 힘을 주면 독자가 읽기 불편해진다. 사회생활을 할 때도 어깨에 벽돌을 올린 사람을 보면 불편하다. 겸손하게 행동하고 말하는 사람이 더 매력적인 게 사실이다.

글도 마찬가지다. 쉬운 단어를 써야 한다. 쉽게 써야 잘 읽히고 잘 전달된다. 어떤 책은 일주일을 읽어도 겨우 읽히는데 어떤 책은 1~2시간

만에 읽히고 와닿는 것도 많이 경험을 했을 것이다. **독자가 끝까지 읽을 수 있는 책이 좋은 책이다.** 마찬가지로 끝까지 읽을 수 있는 글이 좋은 글이다.

02 뇌리를 스쳐 가는 생각을 기록해 두자

쓰기를 하는 사람이라면 누구나 글감에 대한 고민을 하게 된다. 하나의 글을 완성하기 위해 필요한 건 사실 '한 문장'인 경우가 많다.

주로 이 한 문장은 번쩍이는 번개처럼 뇌리를 스쳐 지나갈 때가 많다. 이때 필요한 것이 바로 기록하는 습관이다. 인간의 기억력은 생각보다 길지 않아서 이 생각을 잡아내는 시도가 중요하다.

뇌리를 스쳐 지나가는 한 문장은 주로 쉬는 시간이나 샤워할 때, 잠을 자기 전 등 뜬금없는 타이밍일 때가 많다.

일상을 잠시 벗어나 여행을 할 경우엔 특히 이 뇌리를 스치는 녀석들을 잘 붙잡아 두는 게 좋다. 갑자기 휙~ 하고 좋은 생각이 지나간다. 그 스치는 문장을 잡지 않으면 놓치기 쉽다.

종종 여행을 가야 한다. 일상의 치열함 속에 갇히게 되면 열심이라는 이름으로 나를 가두는 실수를 범하게 될 수 있다. 각자의 수준에 따라 예산을 세우고 거기에 맞는 여행을 하면 된다.

예산이 많으면 많은 대로 적으면 적은 대로 일상을 벗어나 여행을 가는 것이 필요하다. 가까운 곳도 좋고 먼 곳도 좋다. 여행을 하는 시간 동안 새로운 에너지를 얻을 수 있다.

가족과 함께하는 여행은 행복이 따라온다. 행복하면 사람의 뇌는 도파민을 만들어 낸다. 도파민은 에너지, 동기 부여, 의욕, 흥미 등을 만들어 내는 신경전달물질이다.

도파민이 활발해지면 바로 문장들이 뇌리를 스쳐 지나가는 순간들을 만나게 된다. 그럴 때는 주저 없이 스마트폰을 꺼내서 메모를 해 두면 좋다.

사실 글쓰기 작업을 하기 전에 제일 필요한 것이 글감이다. '무엇을 쓸까?' 모든 글쓰기를 하는 사람들의 공통된 고민이다. 이 질문에 대한 답을 쉽게 얻을 수 있다면 얼마나 좋을까? 이런 생각을 하다 찾아낸 방법이 스치는 생각을 기록해 두는 것이었다.

실제로 휴대폰 메모 저장 목록엔 한 문장만 적힌 글감들이 계속해서 추가되며 기록되고 있다. 생각을 억지로 쥐어 짜내려면 잘 풀리지 않는 경험들을 누구나 하곤 한다.

억지보다는 효율이 필요한 세상이다. 그 효율은 의외로 가까운 곳에 있음을 기억하자. 가끔은 식사를 하다가도 떠오른다. 그럼 아내에게 양해를 구하고 스쳐 갈 수 있는 한 문장을 적어 둔다.

결국, 우리가 어려워하는 글쓰기는 풀어내는 방법을 어떻게 하느냐에 따라 난이도가 달라지는 작업이다. 쉽게 풀어 내면 쉽고, 어렵게 접근하면 한없이 어려워지는 게 글쓰기다.

늘 말하는 것이 제일 좋은 글은 세상에 하나뿐인 글이다. 그건 바로 내 생각을 풀어 쓰는 것과 연결된다. 내 생각 속에 들어올 수 있는 사람은 나뿐이기 때문이다.

나의 생각을 깔끔하게 잘 정리해서 글로 표현할 수 있다면 그것만큼 좋은 글은 없다. 글 쓰고도 시원하게 '이번에는 정말 잘 나왔어'라는 생각이 드는 글이 있고 '아! 뭔가 아쉬운데'라는 생각이 드는 글이 있다.

그럴 때 이 한 문장이 빛을 발하게 되는 걸 본다. 주제가 될 수 있는 뇌리를 스치는 한 문장을 기록해 둔 포스팅과 의무감에 쓰는 포스팅은 질적으로 다르다는 걸 경험하게 될 것이다.

03 따뜻한 글을 쓰자

글을 쓸 때마다 느끼는 점 중 하나가 따뜻한 글을 써야 한다는 것이다.

(1) 따뜻한 글

왜 따뜻한 글이어야 할까? 모든 것에는 끌어당김의 법칙이 있다. 따뜻한 글을 계속 쓰면 그 결에 맞는 사람들이 주변에 모여들게 된다.

블로그나 인스타에 글을 쓰면 댓글로 서로의 생각을 소통하게 된다. 생각을 주고받으며 서로 상호작용을 하게 된다. 비판이나 비난, 조롱 등이 담긴 글을 작성하면 같은 결의 사람들이 모여 마음이 어려워진다.

반면, 따뜻한 내용의 글을 쓰면 같은 생각을 하는 따뜻한 사람들이 주변에 모여들게 된다. 그 생각이 긍정의 기운을 끌어다 준다. 긍정의 기운이 긍정적인 생각을 하게 한다. 그 생각이 추진력이 되어 원하는 결과를 얻는 데 큰 도움을 주게 된다.

(2) 사람을 살리는 글

책을 쓰면서 중요하게 생각하는 부분 중 하나가 '사람을 살리는 글을 쓰고 있는가?'에 대한 것이다. 나의 경험과 생각이 힘들어하는 단 한 사람에게라도 감동을 주고 힘을 줄 수 있다면 그걸로 충분히 가치가 있다.

사람을 살리는 글을 쓰기 위해 따뜻한 글들을 자주 읽는다. 따뜻한 마음으로 집필된 책을 읽기도 하고, 블로그에서 다른 사람의 성장을 응원하는 블로거들의 글을 읽기도 한다.

자주 따뜻한 마음이 드는 글을 읽어서 마음에 쌓아야 한다. 그래야 내가 글을 쓸 때 그 생각을 활용해 사람의 마음을 움직이는 글, 힘든 사람에게 위로를 주는 글, 사람을 살리는 글을 쓸 수 있다.

(3) 왜 따뜻한 글을 써야 할까?

따뜻한 글을 작성하는 것만으로 나도 따뜻한 사람이 되기 때문이다. 누군가에게 도움을 주고 고맙다는 말을 들어 본 적이 있을 것이다. 그 말 한 마디만으로 힘이 난다.

글은 사람에게 힘을 줄 수도 있고, 힘을 뺏어 올 수도 있다.

내 글이 누군가에게 도움이 되면 좋지 않은가? 그렇게 동반 성장해 나갈 수 있다면 이것보다 더 좋은 일이 또 있겠나 싶다.

인간은 사회적 동물이다. 관계를 형성하고 서로 상호작용을 하며 살아간다. 서로에게 주고받는 영향을 따뜻한 마음으로 채워 간다면 우리의 삶은 조금 더 아름다워진다.

글을 쓸 때마다 읽는 사람이 한 가지라도 도움을 받을 수 있는 글을 쓰려고 노력하고 있다. 그 마음이 전달되어 힘들고 지쳐 있는 누군가에게 큰 힘을 줄 수 있으면 좋겠다.

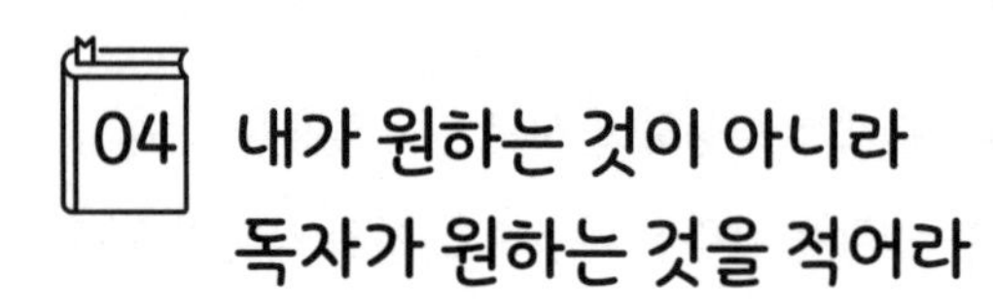

04 내가 원하는 것이 아니라 독자가 원하는 것을 적어라

글을 쓰고, 책을 쓰면서 중요하게 보게 되는 것이 있다. 바로 '관점을 어디에 두고 글을 쓰는가?'이다. 많은 사람들이 글쓰기를 잘하고 싶어 한다. 21세기에 접어들면서 글쓰기 실력이 아주 중요한 스킬로 자리 잡고 있다. 그래서 '좋은 글을 쓰려면 어떻게 해야 하나요?'라는 질문을 자주 접하게 된다.

내가 경험한 것에 따르면 독자를 고려한 글쓰기를 해야 한다. 소통에 필요한 것이 경청이다. 글쓰기는 글을 통해 독자와 소통하는 것이다. 작가의 말을 독자에게 전하는 방법인 글쓰기에서 독자가 원하는 글을 적는 것이 아주 중요한 부분이다. 듣고 싶지 않은 말을 계속 들을 때 무척 피로해진다.

마찬가지로 읽고 싶지 않은 글을 읽을 때 독서를 멈추게 된다. 내가 쓴 글이 누군가에게 읽히고 도움이 되었다는 말을 듣는 것만큼 보람찬 일이 있을까? 먼저 자신이 쓰는 글을 살펴보자. 어떤 글을 쓰고 있는지 보자. 내가 쓰고 싶은 내가 읽고 싶은 글을 쓰고 있지는 않은지 확인해 보자.

내 글을 다른 누군가가 읽었을 때 도움이 될지 체크하자. 어떤 분야든 상관없다. 일기도 괜찮다. 그러나 그 속에 읽는 사람에게 도움되는 이야기가 있어야 한다. 사적인 이야기 속에도 충분히 도움을 줄 수 있는 글들이 포함된다.

하루를 마무리하면서 일기를 써 본다. 24시간을 지나면서 느꼈던 점과 고쳐야 할 점들을 적어 본다. 그러면 스스로 발전할 수 있는 기회를 얻음과 동시에 독자에게도 읽는 사람의 성향에 따라 생각할 수 있는 내용들을 전달할 수 있다.

반면, 지극히 주관적이고 자신에게만 해당되는 내용은 다른 사람에게 도움을 주기 어렵다. 이건 어떤 내용인지 자세히 설명하지 않아도 이해할 수 있을 것이라 본다.

성공은 열심히 노력하며 기다리는 사람에게 찾아온다.
Everything comes to him who hustles while he waits.
- 토마스 A. 에디슨

토마스 에디슨의 명언이 눈에 쏙 들어온다. 에디슨이 발명한 것 중에 우리 일상에 적용되어 사용되는 것은 극히 적다고 한다. 그러나 그 몇 가지 중에 우리의 삶을 바꿔 놓은 대혁명적인 것들이 있다. 그는 큰 흐름을 바꾸는 창의적인 개발을 이뤄 냈다. 토마스 에디슨은 성공을 위해 열심히 노력했다. 그 노력이 큰 결과를 만들었다.

마찬가지로 글쓰기를 할 때도 늘 독자를 염두에 두고 글을 써 보자. 읽는 사람이 공감할 수 있는 글을 쓰자. 그러기 위해 노력해 보자. 하나씩 그 노력한 글들이 쌓일 때 필력이 느는 걸 느낄 수 있다.

05 AI 시대에 필요한 글쓰기

AI 시대가 도래하면서 수많은 직업들이 사라지고 있다. 이런 상황 속에서 어떤 능력을 키워야 할까? 생존으로 내몰리는 환경에서 가장 최적의 수단을 선택해야 한다. 그 선택 중 가장 효과적인 방법이 바로 글쓰기다. 글을 쓰는 능력은 AI도 어떻게 하지 못한다. 왜일까?

글쓰기는 사람의 생각이 들어가는 영역이기 때문이다. AI가 아무리 똑똑하고 메타인지를 가진다고 해도 학습한 것들로 조합해 내는 결과물들이다. 이성은 있을 수 있으나 감성적인 부분이 아주 약하다고 본다. 이 감성을 가장 잘 터치하는 것이 우리 만물의 영장, 사람이다.

우리의 생각이 글로 표현될 때 개념적인 부분과 생각이 만나 글이 완성된다. 어떤 책을 읽으면 이런 생각이 들 때가 있다. '와! 이걸 이렇게 표현하다니, 대단하다!' 명문장은 한 사람의 무수한 경험과 생각이 섞여서 나오는 것이다.

AI가 따라가기 어려운 부분들에 집중해야 한다. 그것이 바로 글쓰기다. 글쓰기의 유익은 여러 가지가 많지만 그중 탑은 스스로를 성장시킨다는 것이다. 믿기 어려운 독자가 있다면 한번 확인해 보라. 스스로 쓴 글을 역추적해 보는 것이다. 3~4년 전 쓴 글과 10년 전 쓴 글을 확인해 보라.

분명 지금 쓴 글이 나을 것이다. 이런 핑계는 대지 말자. 그때는 어렸고 지금은 나이가 들어서 그렇다. 전혀 아니다. 나이가 든다고 해서 모든 부분이 성숙하는 것은 아니다.

위너로 분류되는 부류들이 하는 말이 다 같다. '자신의 능력을 키워라.' 어떤 능력을 키울지 고민된다면 일단 글쓰기부터 시작하라. 글쓰기를 하는 당신의 모습이 분명 한 단계 점프하는 데 큰 도움이 된다. 글쓰기를 통해 얻게 되는 건 비단 글쓰기 실력만이 아닌 것을 경험해 보길 권한다.

06 사람을 살리는 글쓰기

글쓰기의 가장 큰 매력 중 하나는 사람의 마음을 움직일 수 있다는 점이다. 때론 사람을 살리기도 한다. 『고난은 축복이더라』를 읽고 받은 후기 중 가장 감사했던 것이 있다. 바로 "저자님의 책을 읽고 새롭게 살아갈 힘을 얻었어요"라는 말이었다.

힘든 상황에 매몰되어서 너무 지쳐 있었는데 위로가 되었다는 내용이었다. 나의 경험을 글로 표현하면 새로운 에너지가 생긴다. '글이 어떻게 사람을 살려?'라고 생각하는 분들이 있다면 글쓰기를 시작해 보자. 무슨 말인지 생각보다 빠르게 이해할 수 있게 된다.

글을 통해 받는 위로는 말보다 더 진한 여운이 있다. 말은 청각에 의존해 귀로 듣는 것이다. 반면 글은 뇌가 인지해서 생각의 단계로 넘어간다. 단순히 한 감각에 의해 전달되는 것보다 그 파급력이 클 수밖에 없다. 뇌는 사람의 가장 중심이다. 뇌에서 전달되는 지시를 받아 사람의 몸이 움직인다. 글을 통해 따뜻한 감동을 받은 사람은 그 감정을 다른 사람들에게 전하며 산다.

이게 바로 선한 영향력이 된다. 따뜻한 말을 하는 사람이 싫다면 그건 스스로의 문제다. 긍정의 언어를 말하는 사람에게는 아무 잘못이 없다. 사랑의 언어를 전달하면 사랑이 커진다. 그래서 글을 쓸 때 따뜻한 글을 쓰려고 노력한다. 작은 노력들이 더해져 세상을 아름답게 할 수 있다.

뉴스를 보면 자극적이고 부정적인 것들이 많다. 조회수가 늘어나야 생존이 가능한 시대라서 더 그렇다. 이럴 때일수록 누군가는 사람을 살리는 글을 써야 한다. 누군가는 행복을 말하고 느낄 수 있는 글을 써야 한다.

그게 필자와 여러분이 되었으면 하는 바람이다. 작은 실천을 함께해 보자. "힘내세요", "잘할 수 있어요", "화이팅입니다!", "고마워요" 같은 따뜻한 언어를 사용하고 전달하자.

"덕분에 행복합니다"라고 말할 수 있는 하루가 되면 좋겠다. 사랑을 생각하고 행복을 생각해서 전달하기만 하면 우리의 삶은 조금 더 행복해질 수 있다. 그 표현 방법 중에 가장 효과적인 '사람을 살리는 글쓰기'를 실천해 보자.

07 따뜻한 마음

따뜻한 마음이 전달될 때 온기가 전해진다. 추운 겨울에 떨다가 먹는 호빵은 몸을 사르르 녹게 한다. 호빵 속의 따뜻한 단팥은 잊지 못할 기억으로 남는다. 누군가에게 받는 위로가 그렇다. 나라의 발전으로 경제는 큰 성장을 이뤘지만 바쁜 일상과 업무에 치여 마음은 다독일 시간이 부족하다.

마음에 여유가 필요한데 쉽지 않을 때가 있다. 그래서 글을 쓴다. 마음의 여유를 위해 누군가에게 위로가 되는 글을 쓰려고 노력한다. 글로 누군가에게 잊지 못할 호빵의 추억을 남겨 주자. 그저 마음먹고 적기만 하면 된다.

요즘 필자에게도 가장 힘이 되는 말이 "위로받았어요", "힘이 됩니다"라는 댓글이다. 사람과 사람 사이에 필요한 것은 교감 아닐까? 하루를 힘차게 살고 와서 피곤한 마음으로 열어 본 블로그가 오아시스가 되면 좋겠다.

조금만 따뜻한 마음을 먹으면 모두를 아름답게 할 수 있다. 그게 글이 주는 신비한 매력이다. 1:1로 관계를 맺고 있지 않아도 가능하다. 스쳐 지나가는 인연으로 만나도 충분히 기분 좋을 수 있다.

"천 리 길도 한 걸음부터"라는 말이 있다. 대단해 보이는 결과도 한 걸음에서 시작한다. 글쓰기가 어려운 분들은 따뜻한 마음을 먹어 보자. 그 마음을 글로 표현해 보자. 그렇게 시작하면 아름다운 사람이 될 수 있다.

글이 주는 매력은 작가의 생각 +α 독자의 생각이 합쳐진다는 점이다. 매력적인 글을 쓰고 싶다면 따뜻한 마음을 가져 보자. 호빵 속의 앙꼬 같은 것이 따뜻한 마음이다. 말 한 마디가 필요할 때가 있다. 그럴 때 "괜찮아", "수고했어", "잘하고 있어"라는 말을 해 줄 수 있는 사람이 되어 보자.

아름다운 사람에게는 향기가 난다. 그런 향기를 글로 한번 표현해 보자. 더 많은 사람들에게 감동을 주는 글을 쓰려 노력한다. 이 글로 위로받는 당신과 내가 되기를 바라 본다.

08 불가능을 지속하게 하는 힘

글쓰기를 계속하면서 '이게 되네'라는 경험을 하고 있다. 5포 챌린지를 통해 배우는 게 필자가 생각했던 것 이상이었다. 매일 지속해서 글쓰기를 하는 것만으로 삶이 바뀌었다. 삶에 생동감과 역동성이 생겼다.

늦게 퇴근하고 10분을 글 쓰고 20분 일찍 일어나 글쓰기를 했다. 아내가 이렇게 응원해 주었다.

"여보, 진짜 리스펙이야! 난 여보가 너무 자랑스러워."

아내의 말을 들으니 더 힘이 났다. '더 열심히 해야지'라는 마음이 생겼다. 스스로의 한계를 깨기 위해 시작한 챌린지 덕분에 삶에 생기가 더 도는 걸 경험했다. 고백하자면, 필자는 칭찬에 약한 사람이다. 기분 좋은 칭찬은 늘 날 춤추게 한다. '고래도 춤추게 하는 칭찬인데 나도 기뻐해도 되지 않겠나' 싶다.

때론 글쓰기가 힘들 때도 있다. 마음대로 글이 써지지 않고, 앞뒤도 맞지 않아 보일 때가 있다. 주로 그럴 때는 마음이 어지러울 때다. 스트

레스를 받았을 때다. 혹은 몸이 피곤할 때다. '다 필요 없고 일단 자자'라는 생각이 들 정도로 피곤할 때는 글을 쓰기가 어렵다.

그럴 때는 쉬어야 한다. 그때 쓴 글은 어차피 사용하기 어렵다. 그래서 필자가 선택한 차선의 방법이 2개 할 걸 1개만 하고 쉬는 것이다.

여기서 주의해야 할 점은 계속해 나가는 것이다. 멈추면 안 된다. 2개 하려고 생각했던 걸 1개만 하는 건 괜찮지만 안 하는 건 안 된다. 지속해서 무언가를 계속할 때 얻는 벅찬 결과물이 있다. 누구나 하루, 이틀, 사흘로 시작한다. 그걸 지속하면 한 달, 1개월, 1년, 2년, 3년이 된다.

시작은 같지만 시간이 지나면서 계속해 나가는 사람의 수는 달라진다. 어느 편에 설지 고민하고 결정해 보자. 이번에는 1개월, 1년, 2년, 3년을 지속하는 사람이 되어 보자.

그렇게 지속성을 유지해 나갈 때 내가 바라보던 사람의 위치에 서 있는 나를 만나게 될 것이다.

09 글쓰기를 잘하는 것과 잘 쓸 줄 아는 것의 차이

좋은 글을 쓰는 사람은 많다. 글쓰기를 잘하는 사람 말이다. 읽었을 때 참 글을 잘 쓴다 싶은 글이 좋은 글이다. 그럼 글을 잘 쓸 줄 아는 사람은 어떤 차이가 있는 것일까? 잘 쓸 줄 아는 사람은 독자에게 공감과 감동을 주는 사람이다.

잘 쓰는 사람 = 좋은 글을 쓰는 사람

잘 쓸 줄 아는 사람 = 감동을 주는 글을 쓰는 사람

필자가 생각하는 글쓰기의 단계는 초보 〉 중수 〉 고수 〉 달인이다.

(1) 초보

글쓰기를 시작하는 단계다. 글을 쓰기는 했는데 앞뒤 문맥이 맞지 않고, 내용의 전달이 명확하지 않은 경우다. 이 시기엔 연습이 필요하다. 계속 글을 써 나가면서 부족한 부분을 고쳐 가야 한다.

(2) 중수

글쓰기에 대해 어느 정도 경험치를 쌓은 상태다. 6하원칙에 맞게 글을 쓴다. 또한 기승전결에 맞춰서 내용을 구성할 줄 안다. 글로 원하는 내용을 풀어서 적을 수 있다. 이때부터 글쓰기에 재미가 조금씩 붙기 시작한다.

(3) 고수

글쓰기를 할 때 재미가 붙기 시작한다. 글을 잘 쓰는 사람이라는 별칭이 붙는 시기다. '글 참 잘 쓰시네요' 등의 말을 듣기 시작한다.

잘 쓰는 글에 덧붙여 자신만의 작문 스타일이 생기는 시기다. 가수의 목소리마다 컬러가 있듯이 고수 단계에서는 작가의 색깔이 생긴다.

(4) 달인

달인은 글을 쓸 줄 아는 사람이 되는 시기다. 달인의 글쓰기는 읽었을 때 감동이 있다. '와! 이렇게 표현을 할 수 있나? 너무 진한 여운과 감동이 있는데!'라는 글을 쓰게 된다.

모두가 달인의 글쓰기 단계를 꿈꾼다. 필자 또한 마찬가지다. 글을 잘 쓰는 사람이 아니라 글을 잘 쓸 줄 아는 사람이 되고 싶다.

글을 읽는 사람에게 감동을 주고 진한 여운을 주는 사람이 되고 싶다. 그러기 위해서는 좋은 생각을 글로 표현하고 거기에 도움이 되는 글을 쓰고자 하는 마음을 덧붙여 가야 한다.

이 글을 쓰는 필자도 이 글을 읽는 당신도 달인의 글쓰기에 경지에 올라 많은 독자들에게 감동을 주는 작가가 되길 바라 본다.

10 챗GPT가 알려 주는 글쓰기 잘하는 방법

챗GPT가 주목을 받기 시작하면서 글쓰기에 대해 어떻게 풀어내는지 궁금했다. "글쓰기 잘하는 방법"이라 검색어를 올렸더니 다음과 같이 정리해 준다.

모두 아는 내용이지만 중심만 뽑아서 정리해 주니 제법 도움이 된다. 항상 생각하는 부분이지만 AI는 생각을 하지 못하기에 팩트에 기반한다.

여기서 사람의 생각이 덧붙여지면 더 멋진 글이 되지 않을까 싶다. 하나씩 살펴보자.

1. 명확하고 간결한 문장을 사용하라.
2. 흥미로운 시작과 간결한 결론을 추가하여 독자의 주의를 끌고 끝까지 읽도록 해라.
3. 복잡한 개념을 이해하기 쉽게 풀어 쓰고, 필요한 경우 예시나 그림을 활용해라.
4. 감정을 담아 독자와 감정적으로 연결되도록 해라.
5. 꾸준한 연습과 피드백을 통해 글쓰기 기술을 향상시켜라.

(1) 명확하고 간결한 문장을 사용하라

글을 읽을 때 가장 기억에 남는 문장은 뇌리에 꽂히는 글이다. 어떤 글이 기억에 남는지를 보면 간결하고 명확한 내용을 전달하는 내용일 때가 많다. 대부분의 명언들을 보면 한 문장이 간결하게 살아 있는 경우가 대부분이다.

패티 헨슨이 말한 "기회를 찾아야 기회를 만든다"는 명언도 결이 같다.

짧고 간결한 문장을 통해 독자의 뇌리에 오래 남도록 한 것이다. 좋은 글을 쓰고 싶다면 기억에 남을 수 있도록 간결한 글을 적어 보자.

(2) 흥미로운 시작과 간결한 결론을 추가하여 독자의 주의를 끌고 끝까지 읽도록 해라

모든 작가에게 가장 필요한 능력이다. 독자가 공감할 수 있는 글을 써야 한다. 작가의 시선에 맞춰진 글은 피로해진다. 독자가 작가의 글을 보고 공감할 수 있도록 하는 방법은 자신의 경험을 적는 것이다.

누구나 할 수 있는 경험을 통해 독자의 흥미와 관심을 유발할 수 있다. 또한 독자가 계속해서 글을 읽고 싶은 마음이 들 수 있게 만들 수 있다.

독자의 시선이 분산될 수 있는 내용들은 과감하게 삭제하는 것이 좋다. 길어지고 지루한 글을 좋아하는 독자는 없다.

(3) 복잡한 개념을 이해하기 쉽게 풀어 쓰고, 필요한 경우 예시나 그림을 활용해라

2번째 책을 출간할 때 가장 신경을 많이 쓴 부분이 '쉬운 글'이었다. 책을 구매하는 모두가 이해할 수 있는 글을 써야 한다. 그래야 쉽게 공감할 수 있다.

브레인스토밍(3인 이상이 모여 아이디어를 내는 회의 방식) 같은 단어를 사용할 때는 적절한 설명을 덧붙여 주는 것이 좋다. 해당 단어와 전혀 상관없는 사람에게는 단어를 보는 것만으로도 피로를 줄 수 있다.

내가 알고 있는 것을 보다 더 쉽게 풀어 쓸 때 읽는 사람도 받아들이기가 쉬워진다.

쉬운 글은 또 하나의 위력이 있다. 독자의 공감을 더 끌어낼 수 있다. 내 생각이 고스란히 전달되어서 독자의 생각이 +α가 되기 때문이다.

작가는 더 멋있어 보이려는 마음을 내려놓아야 한다. 그런 단어나 문장으로 멋을 내는 것보다 독자에게 진심을 전하는 작가가 훨씬 더 멋있다.

(4) 감정을 담아 독자와 감정적으로 연결되도록 해라

감정이 오고 가는 것만큼 큰 행복은 없다. 작가의 생각을 너무 이성적인 측면에서만 풀어내면 글이 재미가 없다. 적절한 관심을 유도할 수 있어야 책을 끝까지 읽게 된다.

어느 유명한 작가가 한 말이 있다. "내가 쓴 책을 끝까지 읽지 못하는 것은 저의 잘못이지 제 책을 읽는 당신들의 잘못은 아닙니다"라고 말이다.

작가의 감정이 그대로 전해지면 책이 재밌어진다. 그래서 더 지구력을 갖고 읽게 된다. 또한 작가의 감정을 고스란히 느낄 수 있어서 생동감이 생긴다.

살아서 펄떡이는 활어 같은 글을 재밌게 읽지 않을 이유가 없다.

(5) 꾸준한 연습과 피드백을 통해 글쓰기 기술을 향상시켜라

어쩌면 글쓰기에서 가장 중요한 부분일지 모른다. 연습이다. 그리고 지속적인 글쓰기를 이어 가는 것이다. 글쓰기는 경험의 영역이다.

하면 할수록 좋아진다. 나의 말에 동의하지 않는 분들이 있다면 2~3년 전에 내가 쓴 글들을 한번 읽어 보라.

분명 글쓰기를 지속해 왔다면 지금의 내 모습과는 상당히 다를 것이다.

챗GPT의 추천을 보니 그런 마음이 든다. 정의는 누구나 내려 줄 수 있다. 중요한 건 그 정의를 내 것으로 만들 수 있느냐 없느냐의 싸움이다.

바야흐로 정보의 홍수 시대다. 수많은 정보를 내 것으로 만드는 연습을 하자. 그 방법 중 가장 효율적인 것은 '글쓰기'가 아닐까 싶다.

이성적인 글쓰기와 감성적인 글쓰기

대체로 사람의 감정은 아침에 이성적이고 저녁에 감성적이 되곤 한다. 아침에는 하루를 기대하는 마음과 함께 처리해야 할 업무들을 생각하게 된다. 반면 저녁에는 하루를 돌아보고 여러 가지 생각을 해 보게 되기 때문에 감성적이 된다.

이 점을 글쓰기에 활용해 보면 좋다. 진심이 담긴 편지나, 감정을 전달해야 하는 글은 주로 저녁에 쓰는 것이 좋다. 글에 자신만의 감성이 묻어나기에 감동의 크기가 커진다.

반면, 아침에는 업무에 관련된 회의 자료에 관한 글이나, 이메일 같은 사무적인 일들에 관한 글들을 쓰는 게 좋다. 언제든 할 수 있는 것이지만 이성과 감성 중 한쪽의 크기가 더 클 때 효율적인 분야에 활용하는 것이 좋다.

감정이 필요한 편지에 정확한 사실만을 기입한다면 그 얼마나 메마른 편지가 되겠는가? 사랑을 표현해야 하는 편지에 데이트한 내용만 기재한다면 얼마나 그 편지를 읽는 사람이 답답하겠는가?

모두의 바이오 리듬이 똑같지 않지만 누구나 아침과 저녁을 보낸다. 그래서 아침에 좋은 글과 저녁에 좋은 글을 나누어 작성하면 좋다는 것이다.

정말 좋아하는 사람이 있다면 꼭 저녁 잠들기 전 시간을 활용하자. 나도 아내에게 편지를 쓸 때 될 수 있으면 늦은 밤 시간을 선택한다. 이때 나오는 감성이 있다. 잔잔한 물이 흐르는 듯한 기분이 느껴지는 글을 쓸 수 있다. 감정이란 녀석이 그런 매력이 있다. 진심이 전달될 때 얻게 되는 큰 기쁨이 있다.

글에 진심이 담기면 그 파급력의 크기도 커진다. "에이, 뭐 편지 한 장 가지고 큰 변화가 있을까요?"라고 질문하는 사람이 있다면 지금 당장 내가 가장 사랑하는 사람에게 편지 한 장 써 보자.

그 편지에 당신의 진심을 담아서 수줍고 사랑스러운 언어를 써 보자. "여보, 나와 결혼해 지금까지 날 사랑해 주고 함께해 줘서 고마워, 정말 사랑해"라는 내용이 담긴 편지를 써 보자.

각자의 스토리는 다를 것이다. 그 내용에 이 문장을 넣고 +α로 당신만의 표현으로 아내(남편)에게 사랑을 표현해 보자. 대신 이번에는 늦은 밤 잠들기 전 시간을 활용하자.

'나에게 이런 감성이 있었나?' 싶을 정도로 여운이 남는 편지를 쓸 수 있다. 글에는 말보다 더 큰 힘이 있다. 여운을 남길 수 있다. 생각을 하게 할 수 있다.

읽었던 글이 좋으면 다시 볼 수 있다. 그 시간을 통해 사랑의 힘도 더 키울 수 있다. 아침과 저녁에 맞는 글을 시간 타이밍에 맞게 한번 작성해 보자. 글을 써서 얻는 기쁨 이상의 +α를 경험하게 될 것이다.

Summary

따뜻한 글이 필요한 시대다. 21세기는 빠른 변화와 속도로 피로감을 느끼는 동시에 변화에 적응하며 살아가야 하는 생존의 시대이기도 하다. 이런 시기에 필요한 것은 사람을 살리는 마음이 담긴 글쓰기 능력이다.

당신도 따뜻한 글쓰기에 동참했으면 좋겠다. 따뜻한 마음을 담은 글쓰기를 해 보자. 그 장소는 블로그, X, 스레드, 페이스북, 인스타그램 등의 SNS이면 더 좋다. 타인에게 알려지는 글쓰기가 부담스럽다면 일기장에 따뜻한 글을 써 보자.

타인을 위해 작성한 따뜻한 글이 당신의 마음을 따뜻하게 하는 경험을 하게 될 것이다.

5.

글쓰기가 어렵다면

01 연결구를 사용해 보자

글쓰기를 할 때 어려운 점 중 하나가 한 문장을 쓰고 나서 아무런 생각이 나지 않을 때다. 평소 글쓰기에 대한 고민을 담고 있는 사람이라 가정하고 예를 들어 보자.

글쓰기를 할 때 한 문장을 쓰고 나서 생각이 나지 않을 때가 있다. 이럴 때는 예시를 활용해 보면 좋다. 왜냐하면 글쓰기에 필요한 조각들을 정리하는 시간이 필요하기 때문이다.

문장을 쓰고 다음 연결 문장이 생각이 나지 않는다면 연결구를 활용해 보면 좋다. '왜냐하면'이라는 연결구를 사용하면 글을 조금 더 편하게 풀어갈 수 있다.

글을 쓰다가 생각이 미처 따라가지 못해서 글쓰기의 글감이 떠오르지 않을 때가 있다. 그럴 때는 방금 말한 것과 같이 효율적으로 연결구를 사용하면 도움을 받을 수 있다.

흔히 가장 자주 하는 실수 중 하나가 글감이 떠오를 때 글을 쓰는 것이다. 이렇게 하면 원하는 만큼 글쓰기 실력을 늘리기 힘들다.

그저 매일 쓰는 것이다. 자주 쓰는 것이다. 그것이 비법이다. 계속해서 하다 보면 뇌가 글쓰기를 하는 여러 가지 방법들을 고민하고 그대로 실행해 보면서 실력을 늘려 가게 된다.

생각이 나지 않을 때도 뇌즙이 나오도록 활성화시켜 주는 시도를 계속해 주면 된다. 그 방법 중 하나가 연결구를 활용하는 것이다. 연결구를 한 단어 넣어 주면 신기하게도 글이 풀리는 경험을 할 것이다.

글쓰기는 내가 좋아하는 글을 쓰기 위해 하는 과정이 아니다. 흔히 수많은 작가들이 하는 실수가 글쓰기를 스스로의 만족을 위해 하는 경우다.

내가 쓴 글을 읽어 줄 사람은 독자다. 독자가 공감하고 원하는 글을 써야 한다. 그것을 위해 늘 작가는 고민의 시간을 담아야 한다.

나의 목표는 내가 보고 느낀 것을 최대한 간결하게 지면에 옮기는 것이다.

- 어니스트 헤밍웨이

어니스트 헤밍웨이의 말을 주목해 볼 필요가 있다. 가장 간결하게 지면에 옮기는 것! 이게 말처럼 그리 쉽지만은 않다. 왜냐하면 글을 쓸 때 작가의 여러 가지 욕구가 표출되기 때문이다.

작가에게는 어떤 욕구가 있을까?

1. 멋있어 보이려는 마음
2. 어려운 단어를 써서 지식이 많은 걸 뽐내려는 마음
3. 글 좀 쓴다는 자신감을 표출하고 싶은 마음

기타 등등의 마음들이 있다. 이런 욕구들을 내려놓고 힘을 빼야 한다. 헤밍웨이의 말처럼 미사여구를 뺀 솔직한 작가의 생각이 담긴 글이 좋은 글이라 생각한다.

어린아이부터 어른까지 즐겁게 읽을 수 있는 글이 좋은 글이다. 그런 글을 쓰기 위해 늘 고민하고 생각을 담아 가는 연습을 하고 있다.

여러 가지 고민에도 불구하고 매번 글쓰기를 하다 보면 막히는 과정을 반복하게 된다. 그때마다 실력이 늘기 위한 시간이라 생각하고 묵묵히 견뎌 내야 한다.

실력은 본디 계단처럼 올라가게 된다. 일직선으로 성장하는 방법은 없다. 글쓰기도 마찬가지다. 계속해서 앞으로 나아가는 것이 가장 중요한 것이다. 다음 계단이 보이는데 잘 올라가지지 않는다면 연결구를 활용해 보자. 실력이 올라가는 글쓰기를 경험할 수 있다.

02 동의어 사전을 사용하자

동의어 사전을 이용하라.

동의어 사전을 아는가? 대다수 작가들은 엉뚱한 이유로 이 사전을 이용한다.

글을 쓰려면 지성이 필요하다는 일반적인 통념 때문이다.

이런 통념의 희생자들은 동의 사전을 이용해 간단한 단어를 복잡한 단어로 바꾼다.

하지만 결코 옳은 방식이 아니다.

간단명료하고 직접적인 글쓰기에 맞게 동의어 사전을 이용해야 한다.

– 조 비테일, 『꽂히는 글쓰기』

글쓰기를 잘하고 싶다면 동의어 사전을 활용해야 한다. 같은 단어라도 어떻게 사용하느냐에 따라 완전히 느낌이 달라진다. 같은 말을 반복하는 사람은 정말 피곤하다. 같은 말을 조금씩 다르게 표현하면 훨씬 듣기에 낫다.

글도 마찬가지다. 같은 뜻이지만 다르게 사용되는 단어를 활용해야 한다. 그럴 때 필요한 것이 동의어 사전이다. '동의하다'라는 단어를 다르게 하면 긍정하다, 동조하다, 맞장구치다, 찬성하다 등으로 사용할 수 있다. 계속해서 동의한다는 표현보다 다른 표현들을 조금씩 섞어 사용하면 훨씬 더 글이 쉽게 전달된다.

동의어의 장점은 글이 지루하지 않게 된다는 점과 맛깔스럽게 표현된다는 점이다. 우리가 패션에 신경을 쓰는 이유도 멋지고 아름답게 보이기 위해서다. 글도 마찬가지다. 옷을 입고 선글라스를 끼는 것처럼 동의어를 적재적소에 사용함으로 센스 있는 글을 만들 수 있는 것이다.

글을 쓰다가 막히는 구간이 발생한다면 주저 없이 동의어 사전을 활용해 보라. 그 속에 미처 발견하지 못한 미라클스러운 단어가 있다. 그런 녀석을 찾아 사용하기 시작하면 내 글에서 빛이 나오기 시작한다.

누군가를 만났을 때 광채가 나는 사람이 있다. 그런 류의 사람들은 대체로 자기관리에 철저하고 패션 센스도 좋다. 글을 쓸 때 동의어를 잘 사용하는 사람이 그런 오로라가 풍기는 사람과 같다.

어떤 책은 읽다 보면 나도 모르게 몰입해서 몇십 장을 그냥 휙 하고 지나가듯 보게 되는 경우가 있다. 그런 책들이 바로 글의 구성을 센스 있게 한 경우다. 글에 멋과 맛을 추가하는 것은 인위적인 잘난 체를 삽

입하는 과정이 아니다.

그 글에 맛이 더해지려면 동의어를 현명하게 활용해야 한다. 동의어를 여기저기에 잘 배치하면 마치 잘 우러난 국물을 마시는 것 같아 시원하다.

막힘이 없는 글을 읽을 때 상쾌함이 느껴진다. 어차피 글을 쓰겠다 마음먹었다면 지루하고 읽기 싫은 글보다 명쾌하고 시원한 글이 좋지 않겠는가?

어떨 때는 글을 쓰고 있는데 무언가 답답함이 느껴질 때가 있다. 그럴 때 동의어를 활용하면 그 갑갑함에서 해방될 수 있다. 같은 말 같지만 다르다. 그것이 단어가 주는 힘이다. 동의어는 그 다름을 조금 더 제대로 표현할 수 있게 하는 힘이 있다.

글을 쓰는 사람이라면 이 차이를 이해하고 독자가 더 편하고 재밌게 글을 읽을 수 있도록 돕는 마인드가 필요하다. 아무리 좋은 글이라도 너무 어려우면 읽는 사람이 불편하다. 독자를 생각하지 않는 글은 피곤하다.

책을 쓰는 것도 누군가에게 감동을 주고 감격을 선사하기 위해서다.

읽는 사람을 배려하는 글쓰기가 중요한 이유다. 늘 독자를 배려하고 생각하는 글쓰기를 해야 한다. 동의어는 그 목표를 향해 다가가는 데 도움을 주는 동반자 역할을 해 줄 것이다.

03 경험을 활용하자

글쓰기는 경험이 중요한 영역이다. 그런 의미에서 두 번째 책의 출간은 큰 의미가 있다. 글을 쓰면서 사고력을 높일 수 있다. 단순히 머릿속에 있는 생각을 정리하는 것과 글로 옮겨 보는 것이 다르다.

글로 적어 보면 생각이 얼마나 정리되어 있지 않은지를 알 수 있다. +α로 글을 써 봄으로 인해 간결하게 생각을 정리할 수 있는 장점이 따라온다.

왜 글을 써야 할까? 위너들을 살펴보면 다들 공통점이 있다. 다독, 다작이다. 글을 많이 읽고 많이 쓴다는 것이다.

책을 출간하면서 경험이 정말 중요함을 느낀다. 무엇이든지 처음보다 그다음이 낫다. 두 번째보다는 세 번째가 나아진다.

바로 경험이 시행착오를 줄여 주는 역할을 하는 것이다. 여러 번의 퇴고 과정과 글을 정리하는 시간을 통해 스스로의 문체를 돌아볼 수 있는 기회도 얻을 수 있다.

도전해서 결과를 내고 나면 비로소 얻게 되는 것들이 있다. 책을 출간하는 일에 도전해 보길 추천한다. 스스로 배우게 되는 것들이 너무 많다.

책을 구매하신 독자님께 위로가 되는 말을 들었다. "내게 꼭 필요한 책"이었다는 말이었다.

내가 쓴 글이 누군가의 마음에 감동으로 와닿을 수 있다는 경험은 말로 표현하기 힘든 기쁨이다. 이런 기쁨을 경험해 본 사람은 더 글을 즐거운 마음으로 쓸 수 있다.

글을 써서 누군가를 감동시키는 경험을 해 보라. 왜 글을 써야 하는지에 대한 이유를 보다 쉽게 찾을 수 있게 된다.

그런 기쁨을 함께 누렸으면 좋겠다.

04 기록이 쌓이면 실력이 된다

참 공감이 되는 말이다. 기록이 쌓이면 뭐든 된다. 정말 그렇다. 14년 전에 네이버 블로그를 처음 시작했다. 그 블로그는 내가 운영하는 회사의 블로그다.

인테리어 관련 게시물을 계속해서 써 오다 보니 100만 뷰가 얼마 남지 않았다. 눈에 보이지 않던 숫자, 그 당시 파워블로그라고 지칭되는 사람들의 뷰 수다.

시간이 흘러 100만 블로그가 여럿 보이지만 내겐 크게 의미 있는 숫자다. 계속 글을 쓰면서 기록하는 것이 중요하다.

그것만으로 많은 것을 변화시킬 수 있다. 2년 전부터 개인 블로그인 '알파의 위너노트'를 열심히 운영하고 있다.

깊은 생각의 시간을 갖고 글을 쓰기에 사고력과 생각의 범위가 넓어지는 걸 느낀다. 글을 쓰면 스스로를 발전시킬 수 있다.

그게 무엇이든 도움이 된다. 글감을 찾고, 거기에 쓸 사진을 찍고, 생각을 하고 글을 쓴다. 쓰다가 수정하고 다시 글감을 찾고를 반복하게 된다.

그 시간 동안 뇌가 열심히 활동하기에 어떤 방향으로든 성장하게 된다. 누군가는 하루 100원에서 많아야 천 원, 정말 많으면 만 원 정도 벌리는 네이버 애드포스트를 하찮게 말하곤 한다.

그건 시각의 차이다. 글을 쓰고 스스로를 발전시키는 데 보상까지 있다고 생각하면 감사가 커진다.

글쓰기를 아직 하고 있지 않다면 강력하게 권하고 싶다. 블로그든 일기장이든 메모장이든 모든 수단을 동원해서 글쓰기를 시작하자.

그리고 그냥 매일 쓰자. 일기도 좋고, 생각을 적는 것도 좋다. 계속하면서 얻게 되는 것들이 분명히 있다.

대단한 업적은 하루아침에 이루어지지 않는다. 꾸준한 시간과 공을 들인 후 자연스럽게 만들어진다. 그 결과물을 향해 매일 한 발자국씩 나아가자.

05 글감을 찾기 힘들 때

글쓰기를 지속하다 보면 글감을 찾기 힘든 순간을 만난다. 그럴 때는 어떻게 해야 할까?

1. 독서를 한다
2. 보물 창고를 연다.(유퀴즈, 명강의 시청)
3. 한 문장을 생각해 낸다.

(1) 독서를 한다

누구나 글쓰기를 하다 보면 막히는 순간을 경험하게 된다. 그때 가장 좋은 방법이 독서다. 책을 읽으면 자연스럽게 작가의 이야기를 눈으로 읽고 머리로 받아들인다. 이때 사색의 시간을 가진다. 그럼 독자의 말을 나의 글로 바꿀 수 있는 생각이 들어온다. 섬광처럼 번뜩이는 순간을 경험하게 된다. 그때 나의 글로 만들 문장들을 캐치해 낼 수 있다.

(2) 보물 창고를 연다(유퀴즈, 명강의 시청)

자신만의 보물 창고를 만들어 둔다. 필자의 경우엔 〈유퀴즈〉를 그렇게 사용하고 있다. 아름다운 삶을 산 분들의 이야기와 경험을 집중해서 본다. 그럼 그들의 이야기 속에서 나만의 색으로 정리된 글감을 찾을 수 있다. 마치 보물찾기를 하듯 생산자의 입장에서 시청해 보자.

영상을 단순 시청하는 시청자의 시각을 넘어설 수 있다. 생산자의 시각으로 영상을 바라보면 쏟아지는 보물을 찾게 된다.

(3) 한 문장을 생각해 낸다

글쓰기를 할 때 가장 유용한 방법이다. 핵심 한 문장을 생각해 내는 것이다. 한 문장이 어렵다면 키워드 한 단어를 잡아내자. 한 단어로 생각보다 많은 창작이 가능함을 알 수 있다. 글쓰기가 막힌다고 멈추면 안 된다.

KEEP GOING의 자세가 필요하다. 그저 매일 세끼 밥을 먹는 것처럼 글쓰기를 이어 가다 보면 초사고의 영역에 접근할 수 있다. 그렇게 디벨롭하는 시간을 통해 스스로를 성장시킬 수 있다.

06 매일 읽고 매일 쓰자

1. 매일 읽자.
2. 매일 쓰자.

(1) 매일 읽자

매일 일정량의 글을 읽어 보자. 하루 10분이 가장 좋다. 놓치지 않고 할 수 있는 시간이다. 처음부터 긴 시간을 잡으면 매일 하기 힘들어진다. 10분도 길다면 5분만 해 보자. 매일 읽는 것에서 얻는 배움이 있다. 사람은 배움을 통해 성장한다.

(2) 매일 쓰자

처음엔 글쓰기가 어려울 수 있다. 그래서 시간 제약을 두지 말자. 그냥 한 편을 완성하자. 그것도 어렵다면 기준을 낮추자. 한 문장이라도 써 보자. 첫날은 한 문장, 둘째 날은 두 문장, 셋째 날은 세 문장으로 늘려 가자. 일기도 좋고, 생각을 정리하는 것도 좋다. 글을 쓰면서 얻게 되는 것들이 있다.

결국 읽기와 쓰기는 실천의 영역이다. 무한한 발전 가능성과 만나기 위한 과정이다. 결과보다 더 중요한 것이 과정이다. 모든 분야에서 고수가 되려면 반드시 실력을 쌓는 시간을 가져야 한다. 글쓰기에서 실력을 쌓는 방법은 매일 쓰는 것이다.

처음엔 일기로 시작하는 게 가장 좋다. 글감을 떠올리려면 여러 가지 생각을 해야 하는데 그게 습관이 되어 있지 않기 때문이다. 일기를 쓰는 방법은 간단하다. 하루 중 기억에 남았던 일을 적으면 된다. 그것도 어렵다면 아침에 일어나서 자기 전까지의 과정을 한번 적어 보자.

처음엔 어색하고 어설퍼 보일 것이다. 처음은 다 그렇게 시작하는 것이다. 처음인데 잘하면 그게 이상한 것 아닌가? 그 일기를 1년 동안 매일 써 보자. 365편의 글이 완성된다. 1일 날 쓴 글과 365일째 쓴 글을 비교해 보자. '같은 사람이 쓴 게 맞나?'란 생각이 들 정도로 차이가 생긴다.

글쓰기가 어렵다면 매일 글 쓰는 시간부터 확보하자. 그리고 일기부터 시작해 1년만 꾸준히 해 보자. 글쓰기가 하고 싶어지는 날을 반드시 만나게 된다.

07 백 일간의 도전을 해 보자

생각은 행동이 되고, 행동을 지속하면 습관이 된다. 습관을 반복하면 루틴이 된다. 내가 경험해 본 루틴이 생성되는 루트다.

생각 → 행동 → 습관 → 루틴

도전해서 좋은 것은 무한 반복할 수 있는 구조를 만들어 주는 것이 가장 좋다. 그래서 100일이라는 시간을 설정하고 하루 5포 챌린지를 해 보았다.

글을 쓰면서 생각을 더 깊게 하게 되었다. '글쓰기가 좋은 것이라면 반복의 힘을 얻어야겠다'고 생각하고 지속성을 부여했다. 매일 쓰는 것을 해 보니 더 좋았다. 그래서 습관으로 만들고 싶었다.

하루에 5개의 포스팅을 하면서 3주간 지속하니 습관이 되었다. 3주를 지나면서 조금씩 글쓰기와 더 가까워졌다. 표현하는 즐거움, 공감하는 즐거움을 느꼈다.

습관이 루틴이 되기까지는 100일 정도가 필요했다. 글쓰기를 삶에 녹이면 양질의 글을 생산할 수 있다. 100일 동안 지속된 루틴 덕분에 매일 글을 자연스럽게 쓸 수 있게 되었다.

아무도 시키지 않았지만 스스로 5포 챌린지에 도전하고 완성하면서 글쓰기에 대해 많이 배우고 느끼게 되었다. 글쓰기를 해 보니 좋은 글은 좋은 생각이 담긴 세상에 하나뿐인 이야기였다. 세상에 하나뿐인 것, 희소성이 큰 것들이 가치가 있다.

각 개인의 경험을 글로 녹여 내면 가치 있는 글이 된다. 경험에 생각을 덧붙여 도움이 되는 글로 생산하면 가치를 더 높일 수 있다. 글쓰기를 하면 글을 소비하는 사람에서 생산하는 사람으로 변할 수 있다.

스스로에게 100일간의 도전 과제를 던져 보자. 지속하면서 얻게 되는 값진 결과들을 만날 수 있다.

08 하루에 한 편의 글을 완성하자

글쓰기가 어려운 분들이 반드시 해야 하는 것이 하루 한 편 글쓰기다. 계속해서 말씀드리지만 글쓰기는 경험의 영역이었다. 기억에 남는 에피소드를 글로 작성하면 된다. 가장 효과적인 방법이 가족과 있었던 일을 쓰는 것이다.

가족과 함께 소풍을 갔던 에피소드, 여행을 다녀온 경험 등을 적으면 된다. 외부로 나갈 일이 없다는 핑계를 대는 분들에겐 함께 식사한 내용을 적어도 좋다고 추천드리고 싶다. '안 된다'는 그저 핑계일 뿐이다.

하루에 한 편의 글을 쓰는 것은 그리 어렵지 않은 일이다. "그건 작가님 생각이구요"라고 반응하는 독자분들이 있다면 이렇게 말씀드리고 싶다. "사실 저도 글쓰기가 아주 어려운 사람이에요"라고 말이다.

처음부터 잘하는 사람은 세상에 없다. 매일 글쓰기를 하다 보니 이모저모로 좋아지는 걸 직접 경험했다. 여전히 더 좋은 글을 쓰기 위해 노력하고 있다. 실천적 노력은 반드시 결실을 맺는다.

이 책이 그런 노력의 결실이라 말하고 싶다. 당신도 충분히 할 수 있다. 하루에 기억에 남는 장면 하나씩만 글로 쓰면 된다. 처음에는 힘들 수 있다. 그럼 에피소드를 찾는 방법을 공유해 보겠다.

영화를 본 후 스토리를 적고 느낀 점을 적는 방법도 한가지가 될 수 있다. 책을 읽고 줄거리와 느낀 점을 적는 방법도 있다. 이것이 독후감이다. "하루 종일 일만 했는데 무얼 적나요?"라고 묻는 독자분들이 있다면 업무에서 기억에 남는 것을 적으라고 말씀드리고 싶다.

무엇이든 하루의 시간을 보내면 기억에 남는 일이 한 가지는 반드시 생기기 마련이다. 그런 것들을 캐치해 나만의 언어로 풀어내면 된다. 글쓰기 실력이 늘려면 반드시 매일 글쓰기를 해야 한다. 어떤 내용이어도 좋으니 매일 글쓰기를 이어 가자.

09 좋은 글감을 찾는 방법

글쓰기를 잘하고 싶을 때 꼭 필요한 것이 좋은 글감이다. '오늘은 어떤 내용을 쓰지?'라는 고민을 하면서 좋은 글에 대한 생각에 빠진다. 좋은 생각으로 출발했는데 쉽게 글감이 떠오르지 않을 때가 있다.

괜찮다. 누구나 그럴 때가 있다. 글쓰기를 하려면 필연적으로 찾아야 하는 것이 좋은 글감의 소재다. 필자가 경험한 좋은 글감 찾기는 '일상에서 찾기'였다. 하루의 삶 속에는 여러 가지 일들이 일어난다.

매일 똑같은 삶이 반복되는 것같이 느낄 수도 있지만, 자세히 들여다보면 모든 하루는 다르다. 돌이켜 보면 기억에 남는 에피소드도 다르다. 회사에 출근해서 일을 한다고 해서 모든 일이 같은 것은 아니기 때문이다.

여기에 힌트가 있다. 매일 내가 살아가는 삶이 다르기에 내가 경험한 것을 쓰는 것이다. 일상 속에서 글감을 찾으면 된다. 아내, 자녀와 함께 했던 대화들을 생각해 보면 교훈이 될 만한 내용들이 있다.

사실에 생각을 덧붙여서 글을 쓰는 것이다. 사실만을 서술하는 것으로는 힘이 없다. 작가의 생각이 덧붙여져야 한다.

글쓴이의 의도가 담긴 글이라야 생명력이 생긴다. 그래서 일상의 에피소드나 가족 간의 대화, 직장 동료와의 대화를 글감으로 사용할 수 있는 것이다.

"그런 걸 어떻게 글감으로 써요?"라고 질문할 수 있다. 나도 그랬다. 무언가 대단한 내용이 있어야만 좋은 글이라 생각한 적이 있었다.

결론은 그렇지 않다. 좋은 글은 어렵고 힘이 잔뜩 들어간 글이 아니다. 독자에게 공감을 주고 생각할 거리를 던져 주는 편한 글이 좋은 글이다.

무엇이든 나에게 맞는 스타일을 찾는 것이 제일 중요하다. 다른 사람이 어떻게 하는지 신경 쓰지 말자. 내가 어떻게 할지에 대해 생각하자.

나의 글은 어떤 식으로 쓸 것인지를 생각해 보면 보다 쉽게 글을 풀어 갈 수 있다. 글쓰기를 할 때 정말 중요한 역할을 하는 것이 글감이다. 그래서 글감은 늘 저장해 두어야 한다. 좋은 생각이 스쳐 지나갈 때는 단어라도 저장하자.

예를 들면 이런 식이다. '사랑', '가족', '행복', '글쓰기' 그리고 그 아래에 세부 내용에 들어갈 것은 단어로 적는다.

사랑 = 아내, 딸

가족 = 건강

행복 = 일로 인한 기쁨

글쓰기 = 글쓰기를 통해 얻는 것

이 정도만 저장해도 4개의 글감이 모인다. 하루를 보내다 보면 이렇게 지나가는 조각이 많이 보인다. 그런 녀석들을 흘려보내지 말고 붙잡아 보자. 메모하지 않으면 다 사라진다. 잠깐 생각났다가 또 사라진다. 그래서 내 눈앞에 보일 때 붙잡아야 한다.

내 경험으로 보면 좋은 글은 저렇게 잠깐 나타났던 녀석들을 붙잡아 쓴 글이었다. 그 글들이 공감도 댓글도 조회수도 높았다.

좋은 글은 독자의 공감을 받는 글이다. 그래서 내가 사용하고 있는 방법을 공유하는 것이다. 한번 시도해 보자.

당신의 글쓰기를 응원한다.

10 글쓰기가 막힐 때 해결 방법

글쓰기를 하다 보면 잘 써지던 글이 막힐 때가 있다. 베스트셀러 작가들은 이럴 때 어떻게 하는지 궁금했다. 여러 권의 책들을 통해 만나본 저자들은 하나같이 '잠시 멈춤'의 시간을 가졌다.

단어 그대로 잠시 멈추는 것이다. 이 말을 계속 멈추는 것으로 오해해서는 안 된다. 그래서 나만의 잠시 멈춤 방법을 찾아냈다.

1. 가까운 곳으로 가서 잠시 걷기(강, 바다 산책로)
2. 독서
3. 소통
4. 잠시 휴식하면서 생각의 시간 갖기

(1) 가까운 곳으로 가서 잠시 걷기(강, 바다 산책로)

글이 내가 원하는 방향대로 가지 않을 때 강이나 바다 산책길을 다녀오곤 한다. 바다가 인접해 있는 부산에 살고 있어서 가까운 강, 바다를 가는 데 그리 많은 시간이 걸리지 않는다. 그래서 잠시 바깥 바람을 쐰다.

그리고 잠시 걷는 시간을 가진다. 걸음을 걸으면 뇌가 활발히 활동을 시작한다. 여러 가지 생각의 파편들을 정리할 수 있다. 글이 잘 써지지 않는 이유는 여러 생각이 정리가 되지 않은 경우가 대부분이다.

그래서 잠시 걷는 시간을 가지면서 복잡한 부분들을 정리하면 돌아와 쉽게 글을 쓸 수 있다. 잠시 걸으면서 좋은 생각들을 기억할 수 있다. 다시 돌아와 글쓰기를 할 때 이 생각들을 글로 옮기면 더 좋은 글로 발전시킬 수 있다.

(2) 독서

글을 쓰다가 전개가 마음에 안 들거나 내용이 잘 써지지 않을 때 독서를 한다. 이때는 주로 좋아하는 책을 꺼내 읽는다. 여러 번 읽어 본 책이기에 좋아하는 문장을 찾기가 쉽다.

감명 깊었던 문장을 찾아 잠시 생각을 한다. 그 문장을 처음 받아들였을 때의 느낌, 두 번째, 세 번째 경험했을 때의 생각을 상기해 본다. 이 생각을 정리하면서 풀리지 않았던 글감의 방향을 설정한다. 그럼 잘 풀리지 않던 부분이 누군가가 도와준 것처럼 해결되는 걸 경험하게 된다.

책을 읽으면서 생산자의 시각을 갖고 글을 대한다. 그럼 작가의 생각에 내 생각이 덧붙여져 다음 글을 쓰고 싶은 마음이 생긴다.

(3) 소통

글이 막히면 잠시 멈춰 놓고 블로그 이웃들과 소통의 시간을 가진다. 여러 이웃들의 생각을 통해 글감도 다양성을 가질 수 있게 된다. 생각하지 못한 부분들을 보고 각자의 생각을 적은 글들을 본다. 거기에 덧붙여 한 문장으로 정리된 댓글을 마주하면 글에 대한 새로운 시각을 가질 수 있다.

다양한 사람들의 생각이 내 글에 막힌 곳을 뚫어 주는 역할을 한다. 소통을 할 때 진심을 다해 글을 쓰면 서로에게 큰 도움이 된다. 그래서 진심을 다해 댓글을 남긴다.

그럼, 그 글을 읽은 이웃도 자신의 생각을 진심으로 담아 답을 해 준다. 그 글들을 읽으면 새로운 글감들을 잡아낼 수 있다.

(4) 잠시 휴식하면서 생각의 시간 갖기

말 그대로 10여 분 정도 쉬는 시간을 갖고 생각을 해 본다. 잠시 글 쓰던 장소에서 일어나 차를 한잔 마신다. 창밖의 풍경을 바라보면서 생각을 한다.

이 잠깐의 사색의 시간을 통해 원하는 글감을 찾을 수 있다. 휴식이 주는 에너지가 있다. 학원의 수업 시간이 50분 수업에 10분 휴식으로 정해진 이유이기도 하다.

적절한 휴식은 열정적으로 에너지를 쓰는 데 큰 도움을 준다.

이 4가지가 글쓰기를 하다가 막히면 풀어내는 나만의 방법들이다. 사람마다 내용은 다를 수 있다. 그래서 글쓰기가 잘 안 되는 날은 이런 여러 가지 잠시 멈춤의 방법을 찾아 실행해 보면 좋다. 글쓰기를 계속 이어 가는 데 큰 도움이 된다.

11 쉽게 읽히는 글을 쓰기 어려울 때 해결책

좋은 책이 되려면 우선 가독성이 좋아야 한다. 쉽게 읽히는 글을 써야 한다. 그런데 이게 작가의 입장이 되면 마음대로 되지 않을 때가 있다. 쉽게 글이 써지지 않는 오류에 빠질 때가 있다. 이런 경우에는 우선 글에 힘을 빼야 한다. 멋있어 보이려고 어려운 말을 쓰는 것을 내려놓아야 한다.

멋진 글은 유식해 보이려는 글이 아니라 사람의 마음을 감동시켜 변화를 주는 글이다. 쉬운 글을 쓰는 게 어렵다면 잘나 보이려 하는 마음이 있는 건 아닌지 점검해 볼 필요가 있다.

그리고 단어 선택에 주의를 기울여야 한다. 내 책을 읽는 누구나 이해할 수 있도록 써야 한다. 여러 가지 단어 중 가장 쉬운 동의어를 골라 사용하면 좋다. 글이 쉬워야 내 책을 구매한 독자가 완독을 할 수 있다.

사실, **책을 완독하지 못하는 원인은 저자에게 있다.** 독자가 끝까지 읽고 싶은 마음이 생기지 않게 글을 썼기 때문이다. 이런 현상을 막으려면 탄탄한 스토리도 중요하지만 무엇보다 독자가 읽을 때 불편함이 없도록 해야 한다.

쉬운 글을 쓰려면 문법과 형식에 맞춰 글을 쓰면 좋다. 6하 원칙에 맞게 글을 쓰거나 기승전결에 맞게 글을 배치하면 독자가 읽으면서 편하게 글을 받아들일 수 있다. 또한 맞춤법에도 주의를 기울이면 좋다.

즐겁게 글을 읽다가 오타를 발견하게 되면 그 지점에서 시선이 멈추게 된다. 그래서 책을 쓸 때 여러 번의 퇴고 과정을 통해 오타를 찾는 것이 좋다. 책 속에 오타가 전혀 없기는 쉽지 않은 일이지만 최대한 찾으려는 노력을 통해 독자의 불편함을 덜어 줄 수 있다.

12 글을 그만 쓰고 싶을 때

열심히 글을 쓰다가 갑자기 이런 생각이 들 때가 있다. '지금 내가 뭐 하는 거지?', '과연 글쓰기가 나한테 도움이 되는 건가?' 누구나 이런 생각이 들 수 있다. 이런 생각이 들었다면 지극히 정상적이니 힘들어하지 말자.

이런 생각이 드는 이유는 당신이 성장하고 있고, 글쓰기 실력이 좋아지고 있기 때문에 발생한다. 사람은 누구나 노력에 대한 결과를 얻기 원한다. 그런데 이런 생각이 들 때는 당신의 글쓰기 실력은 늘었는데 현실에서는 바뀌는 게 전혀 없음을 느낀 경우가 많다.

그럼 이럴 때는 앞으로의 내 모습을 상상해 보면 글을 계속 쓰고 싶은 마음으로 바꿀 수 있다. 첫 번째는 베스트셀러가 되는 상상을 하는 것이다. 두 번째는 영향력을 가진 인플루언서 블로거가 되는 것을 생각하는 것이다.

'베스트셀러 작가? 고작 글 좀 썼다고 내가 무슨 작가가 될 수 있겠어?'라고 속으로 질문하는 사람들이 있을 것 같다. 필자는 매일 에피소드 글쓰기를 2년 하니 책을 출간할 수 있었다. 종교 분야의 서적을 출간하여 종교 분야 베스트셀러에 오를 수 있었다.

이런 일이 벌어질 것이라고는 전혀 예상하지 못했다. 이런 일이 비단 필자만의 일일까? 여러분의 이야기가 될 수 있다. 베스트셀러 작가라는 벅찬 상상만으로도 글쓰기에 대한 즐거움을 끌어올릴 수 있다.

다음으로 영향력 있는 인플루언서 블로거다. 현재 필자의 블로그는 이웃 수가 약 6,000명 정도 된다. 이 책이 출간되면 아마도 조금 더 늘어난 상태일 것이다. 블로그를 통해 많은 사람들과 교류할 수 있게 된다.

그 덕분에 성장할 수 있다. 인플루언서라고 하기엔 아직 많이 부족하지만 0에서 시작했기에 필자에겐 상당히 애착이 가는 SNS 채널이다.

본업인 인테리어 디자인을 하면서 6년간 유튜브를 운영했다. 이 글을 쓰는 시점에서 구독자가 3.8만 명 정도 된다. 아마도 책이 출간될 때는 더 늘어날 것이다. 유튜브를 운영하면서 영향력의 중요성에 대해서 깊이 체감한다.

인플루언서의 척도는 구독자와 조회수에 있다고 할 수도 있다. 허나 실제로 운영해 보니 정말 중요한 건 다른 부분에 있었다. 바로 이 SNS

채널을 통해 충성 구독자를 확보할 수 있다는 점이다.

『타이탄의 도구들』을 쓴 팀 패리스는 천 명의 팬을 확보하라고 강권하고 있다. 블로그와 유튜브를 통해 천 명 이상의 진성 팬들을 확보하려 노력하고 있다. 이 팬들이 당신의 부를 키워 준다. 당신의 콘텐츠에 매력을 느끼고 구매해 주는 고마운 구독자가 되어 준다.

글을 그만 쓰고 싶을 때는 계속 써서 얻을 수 있는 값진 가치들에 대해 깊이 생각해야 한다. 글쓰기에는 비용이 들지 않는다. 단순히 글을 쓰는 수고만으로 삶이 변할 수 있다. 글쓰기가 어렵지만 불가능한 영역이 아니기에 얼마나 감사한지 모른다. 그만두고 싶을 때 생각하자. 글쓰기가 당신의 삶을 변하게 한다는 사실을 말이다.

Summary

글쓰기가 어렵다면 그냥 쓰자. 매일 쓰자. 계속 쓰자. 안 될수록 더 쓰자. 거기에 정답이 있다. 일단 써야 한다. '써 볼까?'가 아니라 '그냥 쓰자'로 정리하면 생각보다 간단하게 답을 낼 수 있다.

6.

글쓰기가 주는 유익

01 미래를 위한 글쓰기

글쓰기는 내 미래를 위한 준비다.

글쓰기는 미래를 위한 준비라는 말에 반문하는 독자들이 있을 것이다. 왜 글쓰기가 미래를 위한 준비일까?

1. 글쓰기를 통해 기회를 창출한다.
2. 글쓰기를 통해 독자를 얻는다.
3. 글쓰기를 통해 수익을 창출한다.
4. 글쓰기를 통해 강의를 할 수 있다.

(1) 글쓰기를 통해 기회를 창출한다

블로그 글쓰기를 통해 성장한 작가들이 말한다. 블로그는 글쓰기는 기회를 창출하는 통로라고.

블로그에 글을 쓸 때는 많은 고민을 한 후 글을 써야 한다. 그냥 일기장 정도로 생각하고 독자를 고려한 글쓰기가 아니라는 전제하에 독자를 고려해 글을 써야 하기 때문이다.

그런 함축적인 고민이 담긴 글은 그 내용에 힘이 있다. 그런 힘 있는 글들이 모여 글이 필요한 누군가에게 기고해 달라는 부탁을 받으면서 새로운 기회가 열릴 수 있다.

기고와 함께 책을 출간하는 것으로도 새로운 기회를 만들 수 있다. 온라인의 발달로 전자책도 출간할 수 있고 종이책도 독자의 수요만 있으면 출간할 수 있는 시대가 되었다.

(2) 글쓰기를 통해 독자를 얻는다

일반적인 책을 출간할 때 출판사는 '이 책이 출간되었을 때 얼마나 판매될 것인가?'를 본다. 즉 손익분기점을 넘길 수 있는 책인지를 본다.

그 기준이 되는 것이 팬덤층인데 블로그 글쓰기를 지속하면 나와 진정성을 가지고 소통하는 팬들이 생긴다. 그들이 내 미래의 독자가 된다.

아울러 함께 생산되는 전자책도 독자를 확보하고 갈 수 있기에 새로운 미래를 만드는 데 일조하게 된다.

(3) 글쓰기를 통해 수익을 창출한다

"글쓰기로 무슨 수익을 내나?"라고 질문하는 어리석은 사람이 있을지 모르겠다. 잘 생각해 보면 베스트셀러로 부의 반열에 오른 작가들이 많다.

매일 글쓰기를 연습하면서 좋은 글을 쓰게 되면 전자책, 출판사에서 내주는 책을 낼 수 있게 된다. 그 책들이 많은 사람들에게 소비되면서 부를 쌓을 수 있다.

글쓰기 실력은 하루아침에 늘지 않는다. 매일 연습을 통해 어떤 글을 독자들이 좋아하는지, 어떤 내용을 좋아하는지 파악하며 연습해야 한다.

연습의 시간들이 쌓여서 좋은 글들이 완성되게 된다. 그렇게 성장하는 것이다.

(4) 글쓰기를 통해 강의를 할 수 있다

글쓰기를 통해 인지도를 쌓고 나면 강의 신청이 들어온다. 그동안의 노하우가 담긴 글이 있기에 강의도 충분히 할 수 있다.

글쓰기에 대한 기본 개념부터 시작해서 그동안 작가로 쌓아 온 글들을 정리해 한 편의 강의라는 결과물을 낼 수 있다.

SNS의 발달로 인해 글쓰기는 현 사회를 살아가는 데 매우 중요한 자질이 되었다. 그걸 미리 해 본 사람으로 어떤 상황에서든 적절하게 글쓰기를 할 수 있는 방법을 알려 주는 것이다.

그간 쌓은 글쓰기 실력을 마음껏 뽐내면서 수강생들을 도울 수 있는 아주 즐거운 시간이다.

02 글쓰기를 하면 내적 성장을 경험할 수 있다

생각하는 글쓰기를 한 지난 몇 년 동안 내적 성장을 경험했다. 글쓰기 주는 유익이 얼마나 무궁무진한지 느끼는 중이다.

크게 어떤 점들이 좋아졌는지 언급해 보자.

1. 말을 신중하게 하게 된다.
2. 생각의 깊이가 깊어진다.
3. 글쓰기에 대한 어려움이 줄어든다.
4. 계획을 세울 때 더 좋은 대안들에 대해 생각해 보게 된다.
5. 글감을 찾으면서 창의적인 생각을 하게 된다.

정리해 보면 대략 5가지로 볼 수 있겠다.

(1) 말을 신중하게 하게 된다

'말 한 마디에 천 냥 빚을 갚는다'고 한다. 말 한 마디를 할 때 아무 생각 없이 하는 한 마디가 얼마나 큰 파급력이 있는지 사회생활을 해 본 사람이라면 경험했을 것이다.

대화를 할 때도 평정심을 유지하려 노력하게 된다. 그 속에 말실수는 없는지 말을 하기 전에 필터링을 해 보게 된다. 자연스럽게 대화의 밀도가 높아진다. 불필요한 말을 줄이기 때문이다.

상대방을 배려하는 말을 할 수 있다. 글쓰기와 말이 무슨 상관이 있냐고 묻는다면 글을 쓸 때를 떠올려 보면 된다. 글을 쓸 때 한 번 더 생각해 보는 습관이 생기게 된다.

한 번 더 생각하는 이 습관 덕분에 말을 할 때도 한 번 더 고민해 볼 수 있다. 상대방이 들으면 불편해할 말을 가려낼 수 있는 지혜가 생기는 것이다.

(2) 생각의 깊이가 깊어진다

글을 쓰면 다양한 생각을 하게 된다. 사고의 깊이는 한계가 없다. 깊은 바닷속도 들어갈 수 있고, 높은 하늘도 올라갈 수 있다. 저 너머 우주로도 넘어갈 수 있다. 이처럼 생각은 시공간의 한계가 없다. 그래서 더 깊게 생각할 수 있게 된다. 글을 쓰는 주제 내에서도 철학과 현 시점을 넘나들며 맛깔나는 글을 써 낼 수 있는 것이다.

글의 주제를 생각하면서 그 내용을 전개한다. 그 속에 독자에 대한 생각이 담긴다. 내 글을 읽는 사람에게 도움이 되는 글을 쓰기 위해 노력하게 된다. 그런 과정을 거치다 보면 생각이 깊고 넓어질 수밖에 없다.

(3) 글쓰기에 대한 어려움이 줄어든다

하루에 A4용지 한 장을 작성하는 데 1시간 → 40분 → 20분으로 시간이 줄어들게 된다. 계속해서 글쓰기를 하면서 글을 쓸 수 있는 능력이 늘어나는 것이다. 필력이 생기면 하루 한 장을 작성하던 것을 세 장으로 늘려 갈 수 있다. 글쓰기 연습을 강조하는 이유다. 계속해서 글쓰기를 하다 보면 너무 어렵게 느껴지던 글쓰기도 어렵지 않은 순간을 만나게 된다.

우리의 삶은 글쓰기와 밀접한 연관이 있다. 초등학문을 시작하는 순간부터 일기와 만난다. 그 이후 독서록, 자기소개서 등 다양한 글쓰기를 해야 할 상황들을 만나게 된다. 취업을 하고 나서도 SNS가 있기에 어쩌면 현대인은 글쓰기를 평생 하면서 살아가야 한다. 이때 글쓰기 실력이 좋다면 얼마나 좋겠는가?

계속해서 글쓰기를 하는 시간을 통해 쉽게 글을 쓰면서 필력도 좋은 단계로 나아갈 수 있다.

(4) 계획을 세울 때 더 좋은 대안들에 대해 생각해 보게 된다

최근 업무를 하면서 느낀 점이다. 예전 같으면 기계적으로 움직일 부분들을 들여다보게 되었다. '어떻게 하면 조금 더 효율적으로 일할 수 있을까?', 'A안과 다른 B안으로 했을 때는 어떨까?'를 고민하게 되었다. 글쓰기를 통해 더 좋은 글을 쓰려는 노력을 해 왔다. 덕분에 업무에도 적용할 수 있게 된 것이다.

늘 해 왔던 방식이 익숙해서 그렇지, BEST는 아닐 수 있다. 그런 점들을 들여다보고 비효율적인 것들은 효율화시켜야 한다. 그 방법을 깨닫게 하는 게 글쓰기다.

(5) 글감을 찾으면서 창의적인 생각을 하게 된다

글쓰기를 하는 사람이라면 늘 글감을 염두에 두게 된다. 생활 속에서 만나게 되는 다양한 글감을 찾는 즐거움이 있다. 그 시간을 통해 한층 더 내가 성장하는 걸 느끼게 된다. 순간순간 스쳐 지나가는 상황들을 통해 글감에서 창의성을 늘릴 수 있다. 식사를 하다가 번뜩 떠오른 생각으로 멋진 글이 되기도 하고, 커피를 마시다 본 풍경으로 좋은 글을 캐치하기도 한다.

그런 순간들을 보아서 나만의 생각을 녹인 글이 창의적인 글이다. 이걸 매 순간의 삶에 적용하게 되면 창의적인 삶이 되는 것이다. 글쓰기는 생각보다 많은 것을 선물해 준다. 이런 글쓰기를 매일 지속하는 건 너무 좋은 습관이 아닐까?

03 글쓰기는 사람을 성장시킨다

열심을 내는 사람이 더 한다. 『백년을 살아보니』의 저자 김형석 님의 책이 약 130여 권 된다. 1971년에 『너와 나누고 싶은 이야기가 있다』로 첫 출간을 하신 것으로 보인다.

무려 53년간 출간을 해 오신 것이다. 매년 2~3권의 책을 내려면 매일 글쓰기를 해야 한다. 한 권의 책이 평균 2~300페이지다.

그럼 매일 두 편의 칼럼을 쓴 것과 같다. 출간을 한 번 해 본 사람은 다음 책을 준비하게 된다. 필자 또한 마찬가지다. 1년에 2권의 책을 출간하는 걸 목표로 하고 있다. 적는 이유는 역시 선포에서 오는 효과가 있기 때문이다.

약속한 분들과 약속을 지키기 위해 더 열심을 내게 된다. 가만 보면 열심히 하는 사람이 더 실천력을 올리게 된다. 한 번 경험해 본 성공에서 오는 엔도르핀이 있기 때문이다. 책을 쓰면 독자를 만나게 된다. 누가 될지 모르는 독자의 응원은 큰 힘이 된다.

“나에게 꼭 필요한 글이었어요.”

“위로받았어요. 감사해요.”

“다음 글이 기다려집니다.”

이런 말들은 작가에게 동기 부여가 된다. 가장 큰 행복은 자아실현을 넘어 타인의 목표 달성을 돕는 것이란 걸 느꼈다. 글쓰기에서 오는 유익이 있다. 한 번도 느껴 보지 못했다면 그냥 한번 해 보자.

한 문장도 좋고, 두 문장도 좋다. 그날의 감정을 적는 일기도 좋다. 그렇게 시작하면 된다. 적다 보면 한 문장이 문단이 된다. 한 문단이 한 챕터가 된다.

대단해 보이는 사람도 시작은 어설프다. “시작은 미약하나 끝은 창대하리라”라는 말을 좋아한다.

어설픈 시작이라 비웃지 말자. 그 작은 시작을 한 나를 스스로 칭찬하고 응원하자. “넌 잘할 수 있어. 매일 조금씩 성장해 가면 돼!”라고 힘주어 응원해 주자. 내면의 미소 짓는 나와 매일 만나며 아름다운 글을 쓰는 생산자가 되어 보자.

04 글쓰기는 머릿속을 개선해서 투자의 성공률을 높인다

설득력이 뛰어나 논리적인 문장을 쓰기 위해 기술을 아무리 배웠다 고 해도, 논리적인 글을 쓸 수 있는 것은 아니다. 표현이나 문장의 수준을 이전보다 나아지게 하려면, 기술을 배우기 이전에, 자신의 머릿속을 개선하는 일이 우선이다.

- 프리드리히 니체

니체의 말처럼 글쓰기를 잘하는 데 필요한 건 스킬보다 생각이다. 글쓰기에 푹 빠져 있는 요즘 생각을 자주 열어 보게 된다. 글감을 생각하고 디벨롭시킨다. 한 문장의 생각이 한 챕터의 글로 완성되기까지의 과정을 스스로 브레인스토밍(3인 이상의 회의에서 자유로운 의견을 내기 위한 방식)한다.

머릿속에서 생각을 지속하면 글을 개선할 수 있다. 좋은 글은 간결성(최소의 에너지로 어떤 목적을 달성하려는 경향)이 있다. 간결성을 가장 잘 확보하는 방법은 생각으로 정리하는 것이다. 글로 쓰면서 정리를 하면 글이 지저분해진다.

중구난방으로 적은 글은 독자를 피로하게 한다. 무슨 말인지 A부터 Z까지 짜임새 있게 적은 일관성 있는 글이 좋다.

니체는 "어려운 글을 지양해야 한다"고 힘주어 권면한다. 왜 그럴까? 한번 글을 쉽게 쓰려고 해 보라. 생각보다 어렵다는 걸 알 수 있다.

모든 저자가 멋있게 글쓰기 하고 싶은 욕망에 마주서게 된다. 그 순간을 지나 스스로의 욕심을 내려놓는 단계로 올라서야 한다. 그때 한 단계 성숙된 나를 볼 수 있다. 쉬운 글을 통해 독자에게 다가서는 것은 전달력을 배가시킨다.

독자가 말하고자 하는 의미를 고스란히 전달할 수 있다. 대화를 할 때도 가감 없이 이야기하는 것이 중요하다. 니체는 "정확한 전달을 위해 간결한 문장이 필요하다"고 말해 준다. 너무 힘주지 말자. 운동을 할 때도 힘을 많이 주면 불필요한 근육 경련이 생긴다.

글도 마찬가지다. 힘을 빼고 생각을 통해 글을 정리하자. 그리고 독자에게 어떤 도움을 줄 수 있는 글을 쓸지 고민해 보자. 고민하고 정리된 내용을 글로 옮기자. 아무 준비 없이 쓴 글보다 훨씬 받아들이기 좋은 글을 적게 될 것이다.

05 글쓰기로 시작하는 아침

매일 아침을 글쓰기로 시작한다. 하루의 아침 시간을 글로 시작하면 유익한 것들이 있다.

1. 좋은 생각 하기
2. 아침에 희망적인 생각 하기
3. 하루를 알차게 보내기

(1) 좋은 생각 하기

좋은 글의 출발은 좋은 생각이다. 글쓰기를 시작하면 긍정적인 생각을 하게 된다. '이 글을 읽는 사람에게 도움이 되고 싶다'는 기본적인 마음이 글쓰기의 전제가 된다. '어떻게 하면 도움이 될 수 있을까?'에 다가서면 내가 해 보고 좋았던 것들을 공유하는 것으로 연결된다.

매일 하루가 시작되기 1시간 전에 일어나 하루를 시작하고 있다. 1시간의 힘은 아주 크다. 좋은 생각들로 하루를 시작해 좋은 글로 그 기운을 이어 간다. 덕분에 글을 읽는 사람들에게 선한 영향력을 끼칠 수 있다.

아침에 일어나면 세수하고 머리 감고 노트북 앞에 앉아 보자. 그리고 글을 쓰는 것이다. 매일 아침 생각을 글로 담으면 좋은 생각을 낼 수 있다. 아침이 주는 신선함이 있다. 그 신선함을 글로 표현하자.

(2) 희망

아침이 주는 희망이 있다. 하루에 대한 기대감이 있다. 그 기대감이 하루를 힘차게 한다. '오늘 어떤 일이 있을까?' 기대하는 마음을 가지자. 기대하는 마음을 가지고 하루를 시작하는 것과 그렇지 않은 것에 큰 차이가 있다.

어떤 마음가짐을 가지고 출근하느냐에 따라 컨디션도 달라진다. "안녕하세요, 좋은 아침입니다!"라는 인사도 솔 톤으로 음이 올라가서 경쾌하다.

왜 만나면 기분 좋은 그런 사람들이 있지 않은가? 그런 사람이 다른 사람이 아니라 내가 되어 보자. 희망을 받는 사람에게 주는 사람으로 변하는 희열을 느낄 수 있다.

(3) 꽉 찬 하루

하루를 알차게 보낼 수 있는 계획을 세울 수 있다. 5분이면 된다. 짧은 시간에 하루 스케줄을 돌려 보는 것이다. 글쓰기 → 업무 → 글쓰기의 루틴을 보내는 요즘이다.

아침 시간에는 조금 더 깊게 들어간다. 오전 글에는 어떤 것을 쓸지, 업무 스케줄은 어떻게 소화할지, 저녁에는 어떤 글을 쓸지 생각한다.

글쓰기를 하는 것은 생각의 힘을 느끼는 과정과 같다. 생각하고 쓰는 글과 그냥 쓰는 글은 다르다. 그 깊이의 차이가 있다. 글쓰기와 업무 그리고 글쓰기로 마무리하는 하루는 시간을 2배로 효율적으로 쓸 수 있다.

좋은 글을 쓰지 못한다고 슬퍼하는 사람이 있다면 낙심하지 말자. 누구나 한 문장으로 시작한다. 어렵다면 한 문장부터 해 보자. 그래도 괜찮다. 그렇게 성장해 나가는 것이 글쓰기다.

06 글쓰기로 인생이 변한다

'글쓰기로 인생이 변한다.' 글쓰기로 성공한 작가들이 자주 쓰는 문장이다. 처음 이 말을 들었을 때 납득하기 힘들었다. '에이, 작가님은 그 책으로 베스트셀러도 되고 인지도도 쌓았으니까 그런 거 아니에요?'라는 속마음이 올라왔다.

모르는 건 직접 경험해 보고 답을 내는 타입이다. 그래서 열심히 글을 쓰기 시작했다. 글을 쓰다 보니 책을 출간해야겠다는 생각으로 넘어갔다. 책을 출간해 보니 그 작가님께 이렇게 속마음을 답할 수 있었다. '와, 역시 작가님 말씀대로 글쓰기로 인생이 변하네요'라고 말이다.

왜 변하는 것일까?

사람은 글쓰기를 통해 생각을 한다. 글쓰기를 위해 계속해서 사색의 시간을 가진다. 하루를 보내면서도 헛되게 시간을 사용하지 않는다. 집중하게 된다. 좋은 글을 쓰기 위한 탐구생활을 하게 된다. 그렇게 명문장이 머리를 스쳐 지나가고 메모장에 저장이 된다. 저장된 글을 불

러와 좋은 글로 작성한다.

작성된 글은 많은 사람들에게 읽히고 댓글과 공감을 통해 소통하게 된다. 이 과정을 통해 작가는 소통력, 공감력, 작문력, 통찰력, 지구력 등 다양한 내적 성장을 경험하게 된다. 글쓰기를 통해 자신의 부족한 부분을 자세히 볼 수 있다. 또한 채워야 할 점들도 보게 된다. 지피지기면 백전백승이라는 말이 있다.

적을 알고 나를 알아야 전투에서 이길 수 있다는 말이다. 글쓰기를 하면 바로 글 쓰는 자신을 더 자세히 알아 갈 수 있다. SWAT분석처럼 자신의 강점이 무엇이고, 약점이 무엇인지 정확하게 알 수 있게 된다. 이를 통해 어떤 글을 써야 하는지, 나에게 맞는 글은 무엇인지를 알아가면서 글쓰기를 하게 된다.

덕분에 좋은 글이 나온다. 그럴 수밖에 없다. 나에게 좋은 글이 무엇인지가 파악되었기에 그와 맞는 결을 쓰게 되기 때문이다.

그렇다면 궁금해질 것이다.

좋은 글을 쓰는 방법은 무엇일까?

좋은 글을 쓰는 방법은 모두가 알고 있다. 매일 쓰면 된다. “뭐 이렇게 무책임한 답을 하나?”라고 질문을 하는 독자분들이 있을 것 같다. 그렇다면 한번 당장 오늘부터 실천해 보자. 글은 쓸 때마다 조금씩 늘어난다.

딱 100일간만 매일 글을 써 보자. 단, 800~1,300자 사이의 글을 써야 한다. 100일이면 8,000자~13,000자가 된다. 이 정도 글을 쓰면 글쓰기에 재미가 붙는다. 탄력이 붙으면 더 하고 싶어진다.

이렇게 했는데 아직 잘 모르겠다 싶은 분들이 있을 수 있다. 그럼 딱 300일만 해 보자. 300일이면 24,000자~39,000자가 된다. 이렇게 되면 글쓰기가 재밌어질 것이다.

필자의 경험으로는 300일이었다. 글쓰기의 내용과 결이 달라지기 시작했다. ‘생각 + 생각’이 들어갔다. ‘생각 + 사색’이 들어가기 시작했다. 그런 글은 더 좋아진다.

글쓰기는 공부처럼 퀀텀 점프의 기간이 있다. 묵묵히 100일, 300일, 500일, 1,000일 써 나가다 보면 생각하지 못한 지점에서 불쑥 성장한 모습을 볼 수 있게 된다.

당신의 삶을 다이내믹하게 바꾸고 싶다면 한번 시작해 보자. 오늘부터 1일로 시작해 글쓰기를 해 보라. 당신은 오늘과 다른 사람이 되어 있을 것이다.

07 보고, 듣고, 느끼게 된다

눈으로 보는 것(시각), 귀로 듣는 것(청각), 온몸으로 느끼는 것(촉각) 이 세 감각을 통해 배우는 것이 중요하다. 사람은 배움을 통해 성장한다. 그래서 늘 눈으로 보는 독서와 귀로 듣는 경청을 중시한다. 직접 실천해 보면서 온몸으로 느껴 본다. 그 과정을 통해 성장한다.

어린 시절 우리 집에 한 교수님이 오셨다. 좋은 말을 해 주고 싶으셨는지 나에게 이런 말을 해 주셨다.

"알파야, 책을 많이 읽어야 해. 거기서 많은 것을 배울 수 있어"라고 말이다.

초등학생이었던 나에겐 그저 근엄함 어른의 지나가는 한마디 정도로 느껴졌던 게 사실이다. 자라서 독서의 중요성을 절절히 느끼고는 그때의 기억이 선명하게 남았다.

'아! 독서가 정말 중요하구나. 무언가를 배운다는 것이 정말 큰 가치가 있는 것이구나!'라는 걸 잘 알게 되었다.

독서를 통해 읽기도 하지만 저자의 이야기를 열심히 듣고 있다. 저자의 가치관, 저자의 의도를 글을 통해 들여다보게 된다. 소비자의 시각이 아닌 생산자의 시각으로 책을 보게 된다. 좋은 문장은 기억하고 밑줄을 친다. 메모를 하기도 한다. 그런 문장을 다시 나만의 글로 치환해서 사용하기도 한다. 그렇게 배움을 내 삶에 적용하게 된다.

온몸으로 느끼는 것을 글쓰기를 통해 실천하고 있다. 독서를 통해 본 세상을 내 삶에 맞게 적용시키기에 가장 좋은 방법은 글쓰기다. 글쓰기 시간을 통해 배운 것들을 생산자의 입장에서 사용할 수 있다.

배움의 시간을 가지면 성장하게 된다. 이때 중요한 것은 마인드다. 늘 겸손한 태도를 유지해야 한다. 그래야 온전히 좋은 것들을 받아들일 수 있다. 순리대로 된다는 말을 참 좋아한다. 열심히 배움에 힘쓰는 사람이 더 잘되는 것을 수도 없이 보아 왔기 때문이다.

늘 잘 배워서 보고, 듣고, 느낀 것으로 세상을 아름답게 하는 나와 여러분이 되었으면 좋겠다.

08 글이 주는 파동이 있다

글이 주는 매력과 감동이 있다. 단순히 글을 읽으면 잔잔한 호수의 물처럼 느껴진다. 그 글에 작가의 의도를 파악하고 내 생각을 덧붙여 읽으면 큰 파도처럼 출렁이는 울림을 느낄 수 있다. 글로 전하는 매력은 크다. 그래서 글쓰기 연습을 해야 한다. 좋은 글을 통해 감동을 선물할 수 있다. 한 사람을 감동시키려면 수많은 공이 들어가는 노력이 덧붙여져야 한다.

글쓰기도 마찬가지다. 매일 쓰는 연습을 통해 실력을 키워야 한다. 글은 잘 쓰고 싶은데 노력은 하지 않는 사람들이 생각보다 많다. 잘 쓰려면 당연히 많이 쓰고 자주 써야 한다. 정답은 거기 있다. 잠깐의 요령으로 실력이 늘지 않는다. 이미 전설적인 위치에 오른 선배님들의 책을 읽고 배우는 시간을 가져야 한다.

그 배운 것들을 사용해 글쓰기를 연습하면 내 실력도 자연스럽게 늘려 갈 수 있다. 좋은 글을 읽으면 '와! 어떻게 이런 표현을 사용할 수가 있지, 여운이 남네'라는 생각을 하게 된다. 그래서 좋은 책은 여러 번 반복해서 읽는다.

첫 번째는 글자 그대로를 받아들이는 경우가 많다.
두 번째는 작가의 생각을 읽을 수 있게 된다.
세 번째는 나의 생각을 덧붙여 내 글에 활용할 수 있게 된다.

이렇게 여러 번 읽으면 얻는 것들이 더 많아진다. 내가 쓴 글이 누군가의 마음에 닿기를 원한다. 씨앗이 되어 열매까지 성장하길 원해서 글쓰기 시간을 늘리고 있다. 글은 잔잔한 물결로 시작해 큰 파도까지 커질 수 있는 힘을 갖고 있다. 그래서 좋은 글을 쓰기 위해 노력한다. 누군가의 마음에 울림을 줄 수 있으면 좋겠다.

글쓰기에 대한 마음이 정해졌다면 이제는 실천이 필요하다. 매일 글쓰기를 해 보자. 매일 쓰는 시간을 통해 성장하는 나를 발견할 수 있다. 계속 써 내려가다 보면 누군가에게 감동을 줄 수 있는 글도 쓸 수 있게 된다. 좋은 글을 쓰고자 노력하면서 글을 써 보자. 그 마음이 스스로를 더 따뜻한 사람으로 만들어 준다. 아내와 대화를 하면서 10년 전과 비교해 많은 부분이 바뀐 나를 발견하게 된다.

대체로 글을 쓰면서 좋아진 부분들이다. 따뜻함, 타인이 잘되길 바라는 마음 등은 글쓰기를 통해 얻은 값진 결실들이다. 좋은 마인드를 갖고 살아가는 사람에게 더 좋은 마인드를 가진 분들이 나타난다. 그런 경험을 요즘 하고 있다. **그저 매일 열심히 쓰자.** 그 시간이 당신에게 감동적인 글을 쓰는 날을 허락할 것이다. 언제일지는 알 수 없지만 그 시간이 반드시 온다.

반드시 만나는 시간과 그렇지 않은 시간에는 큰 차이가 있다. 그러니 희망을 품고 힘들거나 피곤할 때도 쉬지 말고 매일 글쓰기를 해 보자. 그 글이 한 사람의 마음에 닿아 삶에 희망이 될 수 있다. 그런 희망을 전하는 삶을 살아가는 나와 여러분이 되었으면 좋겠다.

09 나를 찾는 글쓰기

글쓰기를 해 보니 내가 좋아하는 것이 무엇인지를 더 잘 알게 된다. 어떤 분야를 좋아하는지 글을 쓰면 더 잘 느낄 수 있다. 삶을 사는 동안 뇌의 99%를 사용하지 않는다고 한다. 글쓰기는 이 뇌의 잠재력을 깨우는 작업이다. 누구나 위너가 될 수 있다. 글 쓰는 시간을 통해 성장할 수 있다. 그래서 글을 써야 한다.

정답은 간단하다. 반복해서 하는 말이지만 매일 읽고, 매일 쓰면 된다. 그 과정을 얼마나 오래 지속하는가가 성패를 가른다. 매일 쓰면서 조금씩 나아지기 위해 노력하면 된다.

한 번이 어렵지 두 번, 세 번은 쉽다. 그래서 글쓰기를 시작하는 것이 어렵지 계속하는 것은 그렇게 어렵지 않다는 것이다. 매일 아침 정해진 시간에 글을 써 보자. 혹은 매일 저녁 정해진 시간에 글을 쓰자.

회사의 업무를 하는 것처럼 매일 1시간을 글쓰기에 사용하자. 3년이 쌓이면 1,095시간이 된다. 1시간일 때는 보잘것없지만 이게 쌓이면 얘기가 달라진다. 글쓰기가 느려서 1시간에 한 편밖에 못 쓴다고 가정해도 1,000편이 넘는 글을 작성할 수 있다. 진심이 담긴 글을 계속 써 가면 실력이 된다.

1시간씩 1편의 글을 매일 조금씩 나아지려 노력하면서 써 보자. 그것만으로 수많은 변화를 만들어 낼 수 있다. 소통하는 사람들을 통해 공감력을 키울 수 있다. 블로그에 글을 쓰면 댓글과 대댓글을 통해 다른 사람들의 생각을 알게 된다. 다른 사람의 글을 읽고 느낀 점을 남기면 또 다른 소통의 길이 열린다.

그렇게 글쓰기를 이어 가다 보면 내가 무엇을 좋아하는지 더 자세히 알 수 있게 된다. 나의 경우엔 다른 사람들이 내 글을 읽고 동기부여를 얻고 힘을 낼 때가 가장 기뻤다. 업무를 제외한 시간에 가능한 자주 글을 쓰려 하는 이유도 그 기쁨에서 오는 행복이 크기 때문이다. 누군가를 도와주는 게 얼마나 즐거운 일인지 글쓰기를 해 보면 경험할 수 있다.

다른 사람이 내 글을 읽고 "동기 부여가 돼서 좋았어요. 더 열심히 해 볼게요. 감사해요"라는 후기를 남기면 가슴이 벅차오른다. 글 쓰는 재미가 배가 된다. 내가 쓴 글로 인해 다른 사람이 성장하는 걸 보고 이렇게 기쁠 줄 몰랐다. 막연히 '기분이 좋겠다' 정도의 생각은 했지만 진심으로 뛸 듯이 기쁠 줄은 몰랐다.

그래서 여러분도 글쓰기에 집중해 보셨으면 좋겠다. 글쓰기를 통해 발견하는 내 모습이 있다. 그 속에서 또 다른 행복을 찾아갈 수 있다. 그 즐거움을 함께 누려 보셨으면 좋겠다.

Summary

글쓰기는 사람을 성장하게 한다. 필자는 블로그 '알파의 위너노트'(https://blog.naver.com/cjh23100)를 통해 100일간 5포 챌린지를 하였다.

글쓰기를 통해 배운 것은 통찰력, 공감력, 작문력, 독해력, 지구력 등 다양한 후천적 능력이었다. 돈을 주고도 사기 힘든 능력들을 꾸준한 글쓰기를 통해 얻을 수 있다. 『위너노트』를 읽고 글쓰기를 통해 몰라보게 성장할 당신을 응원한다.

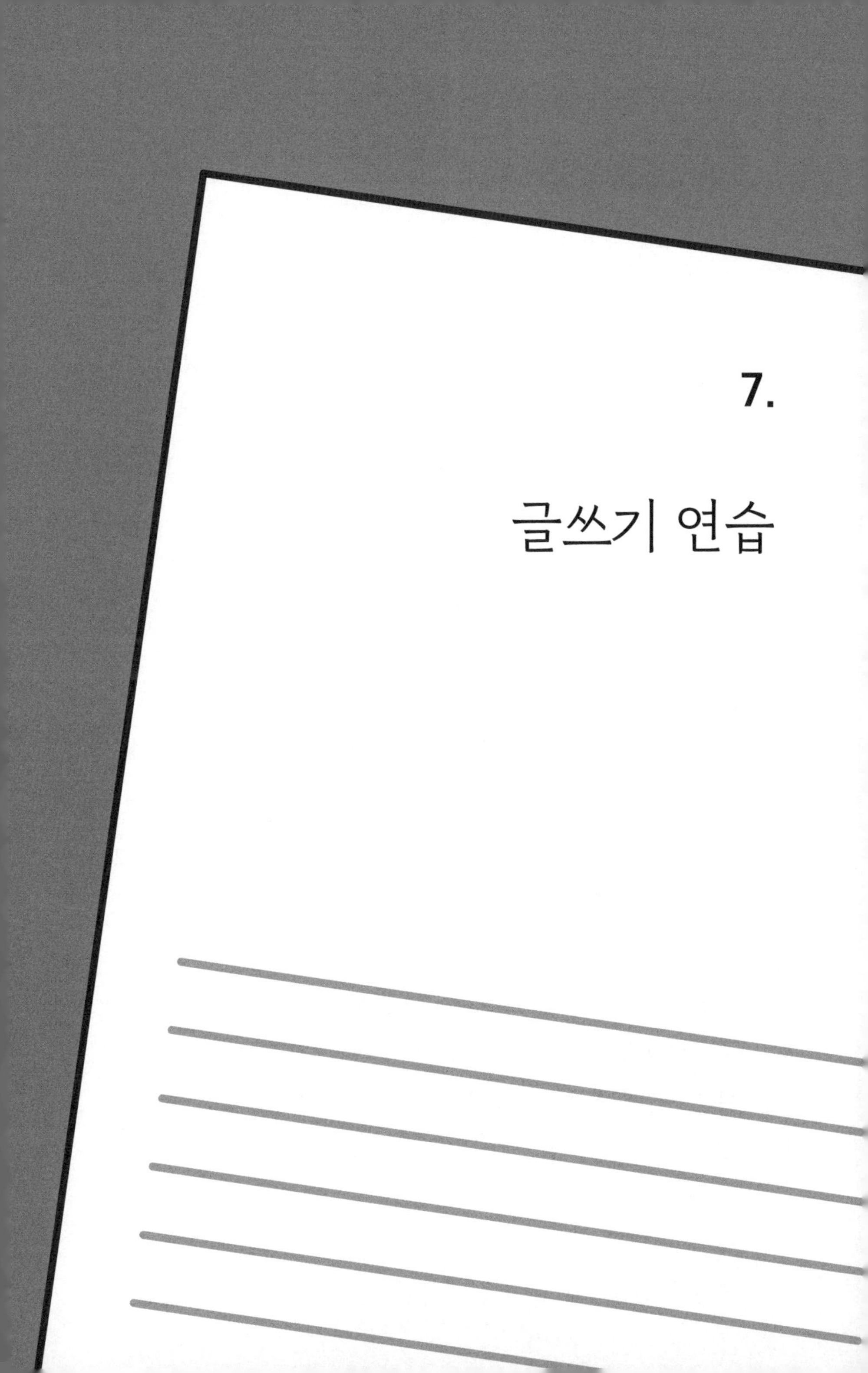

7.

글쓰기 연습

01 초보의 글쓰기

초보의 글쓰기는 일단 글쓰기를 시작하는 단계다. 글을 써 본 적이 없는 경우는 없지만 내 생각을 표현하는 데에는 익숙하지 않은 상태를 말한다. 초보일 때의 글쓰기 연습은 어떻게 해야 할까? 일단 시작해야 한다. 어떤 것이든 좋으니 쓰기를 시작하는 것이다.

가장 좋은 방법은 일기를 쓰는 것이다. 일기는 하루의 스토리가 담긴다. 아침에 일어나서 저녁까지 있었던 일을 시간 순서대로 적어 보자. 그렇게 적다 보면 아침, 점심, 저녁에 무엇을 했는지 알 수 있다.

아직은 특징을 잡거나 기억에 남는 일을 잡기가 어렵기 때문에 그냥 시간 순서대로 적어 보는 것에 집중하면 된다. 시간 순서대로 적다 보면 금방 A4 용지 한 장이 채워지는 경험을 하게 된다.

글쓰기를 처음 했는데 A4 용지 한 장 분량을 채운 것만으로도 기분이 좋아진다. 작은 성공을 경험하는 것이다. '나도 글쓰기를 할 수 있다!'는 마음을 우선 심어 줘야 한다. 스스로가 각성할 수 있도록 돕는 것이다.

그렇게 사실을 시간 순서대로 쓴 글에 마무리로 자신의 생각을 한 줄 넣어 보자. 예를 들면 이렇게 말이다.

저녁때 아내와 먹은 김치찌개가 특히 기억에 남는다. 내가 좋아하는 두부와 돼지고기를 손수 손질해서 알맞게 요리해 줬기 때문이다. 있는 재료로 그냥 대충 만들어도 되는데, 내가 좋아한다고 마트에 가서 돼지고기를 사 준 마음이 너무 고맙다.

이렇게 적으면 무미건조하던 일상에 활력이 들어간다. 아내에 대한 고마움을 표현하는 생각이 담긴다. 그 마음을 쓴 사람도 읽는 사람도 따뜻해지는 훈훈함이 있다. 글쓰기를 하면서 무턱대고 생각을 넣으려고 하면 어색해진다. 글을 쓰는 사람도 피곤해진다.

그럴 필요가 없다. 자연스럽게 하는 것이다. 일상에 있었던 일에 생각을 한 스푼 얹으면 된다. 초보의 글쓰기에서 필요한 것은 우선 글쓰기에 익숙해지는 것이다. 매일 일기를 써 보자. 30편까지 일기를 쓰면서 연습을 해 보자.

매일 적은 일기를 마무리할 때 자신의 생각을 적어 보자. 30개가 모이면 30편을 모두 한번 다시 읽어 보자. 어떤 표현이 좋은지, 어떤 말은 어색한지를 알 수 있다. 이런 부분들을 고쳐 나가면 된다. 여기서 중요한 것은 매일 쓰는 것이다.

'에이, 일기 그거 써서 뭐가 달라지려고'라고 생각하는 독자분들이 있을 것 같다. 단언컨대 매일 30일을 해 보면 내 삶이 달라진다. 이건 필자가 직접 해 봤기 때문에 더 확실하게 말해 드릴 수 있다.

02 중수의 글쓰기

일기를 마스터하고 나면 중수의 글쓰기에 들어간다. 중수는 대체로 글쓰기에 대한 어려움은 마스터한 단계다. 6하원칙이나 기승전결에 맞게 글을 쓰는 단계다. 이때 필요한 것도 역시 꾸준함이다. 일단 습관을 루틴으로 이어 가야 한다. 매일 글을 쓰는 시간을 확보하는 것에 집중해야 한다.

그다음에는 글에 내 생각을 투영하는 연습을 보다 더 효과적으로 해야 한다. 이제부터는 일기를 벗어나 평소 생각을 글로 표현해야 한다. 무엇이든 좋다. 글감은 일상에서 찾으면 된다. 평소에 이런저런 생각들이 스쳐 지나간다. 그 생각 중 감명 깊었던 것들을 붙잡는 것이다.

생산자의 입장에서 글쓰기를 염두에 두고 살아가면 된다. 필자의 보물창고는 〈유퀴즈〉다. 출연자들의 이야기를 듣다 보면 글감이 떠오른다. 그 이야기에 맞는 스토리를 가져와 이야기로 풀어낸다. 중수의 글쓰기에서는 생각을 자유자재로 표현하는 것에 집중해야 한다.

내가 원하는 대로 글을 쓰게 되는 걸 경험하게 되면서 글쓰기를 재밌어하는 시기다. 이때는 여러 가지 생각들을 적어 보는 것이 중요하다. 인간의 기억력은 한계가 있다. 그래서 이 시기부터는 메모하는 것에 집중해야 한다.

좋은 생각을 저장하는 습관을 만들어야 한다. 스쳐 지나가는 문장을 잡아 내 것으로 만드는 연습이 필요하다. 그 한 문장을 가지고 한 편의 글을 완성해 보자. 계속 글쓰기를 하면서 실력이 성장하는 것을 느낄 수 있다.

중수의 글쓰기 기간에는 글을 쓰기에만 집중하지 말고 읽기에도 집중하자. 바로 글을 퇴고하는 습관을 들이는 것이다. 한 권의 책이 완성되기까지 수차례의 수정 과정이 있다. 오탈자를 구분하고 중복된 문장을 삭제하는 등의 과정이 있다.

마찬가지로 생각을 가지고 쓴 글을 검토해 보자. 글의 문맥은 맞는지, 문법적으로 틀린 부분은 없는지 찾아보자. 맞춤법과 오탈자를 체크하자. 글이 지루하지는 않은지, 간결한지를 체크하자. 그래서 내 글을 읽는 사람이 즐겁게 볼 수 있도록 하는 연습을 하자. 이 과정을 지속해서 해 나갈 때 고수의 글쓰기로 성장할 수 있다.

03 고수의 글쓰기

일기를 쓰고, 생각하는 글쓰기를 하고 나면 고수의 글쓰기로 넘어가게 된다. 고수가 되면 글쓰기에 재미가 붙는다. 자신만의 고유한 색이 담긴 글을 쓸 수 있다. 그렇게 어렵게 느껴지던 글쓰기가 재밌어진다. 가수에 따라 같은 곡도 다르게 느껴지듯이 작가만의 고유한 색깔이 글쓰기를 통해 드러나게 된다.

고수의 글쓰기에 들어오게 되었다면 이제 무엇을 해야 할까? 책을 써야 한다. 자신만의 생각이 담긴 책을 쓰는 것이다. 그 책으로 여러 사람을 돕는 수준으로 나아가면 된다. 책을 집필하려면 여러 가지가 필요하지만 가장 중요한 것은 초고다.

초고로 필요한 분량은 10point 기준 A4 용지 100장 정도다. 매일 글을 쓰면서 책을 만들어 보는 것이다. 자신만의 책이 있는 사람과 없는 사람은 글쓰기의 내용이 상당히 달라진다. 독자와 호흡하는 방법을 배운 사람과 그렇지 않은 사람의 깊이가 달라질 수밖에 없다.

책을 내게 되면 글쓰기를 통해 작가의 생각을 전달할 수 있게 된다.

내 경험에 의하면 책을 쓰기까지 필요한 글쓰기 경력은 매일 한 편씩 작성한다고 가정했을 때 약 3년이 필요했다. 3년 동안 매일 한 편씩 작성하면 1,095편을 작성할 수 있다.

이 중 300편 정도가 있으면 한 권의 책을 완성할 수 있다. 어떻게 해서 이 수치가 나왔느냐면 나의 경험에 의해서다. 처음 초보일 때 일기만 300편 정도 작성했다. 그러고 나니 생각하는 글쓰기를 할 수 있었다.

생각이 담긴 글을 300편 완성하고 나니, 책을 쓰고 싶다는 생각이 들었다. 그렇게 두 권의 책이 완성되었다. 출간을 하면서 느끼게 되었다. '아! 이제 작가의 길을 가게 되었구나!' 이제는 '사람을 살리는 글', '마음을 따뜻하게 하는 글', '감동을 주는 글'을 써야겠다 생각하게 되었다.

여러 번 반복해 말했지만 글쓰기는 경험의 영역이다. 누구나 글을 쓸 수 있고 계속해서 하기만 하면 실력이 늘어날 수 있는 분야다. SNS의 발달로 글쓰기 능력이 어느 때보다 필요하고 중요하게 되었다.

이런 시기에 글쓰기 고수가 될 수 있다면 그 얼마나 좋은 일인가? 글쓰기를 시작했다면 일기에서 생각하는 글쓰기로 넘어가 보자. 그리고 책 쓰기 단계로 와 꼭 나의 이름으로 제작된 책을 만들어 보자.

04 달인의 글쓰기

달인의 글쓰기는 30여 권의 책을 출간한 사람이거나 혹은 20년 이상 글쓰기를 매일 하는 사람이라 할 수 있겠다. 이 기준에서 필자는 아직 달인은 아니다. 달인으로 가고자 노력하고 있는 작가다.

누구나 달인의 경지에 오를 수 있다. 연간 2권의 책을 출간 한다면 15년이 필요하다. 혹은 매일 글쓰기를 하면서 20년 이상 꾸준히 생산적 글쓰기를 한다면 도달 가능한 경지다. 달인의 글은 멋과 맛이 있다.

사람의 마음을 움직이는 힘, 사람을 감동시키는 힘이 글에 있다. 달인도 되지 않았는데 어떻게 아냐고? 그건 달인에 오른 작가분들의 글을 읽어서 알기 때문이다.

서점에 가면 쉽게 달인들을 만날 수 있다. 생각의 힘을 글로 세세하게 풀어서 알려 주는 친절한 작가님들이 계신다. 이런 글들을 읽을 때마다 도전을 받는다. '나도 더 열심히 글을 써서 달인의 경지에 오르는 작가가 되어야지!'라고 다짐한다.

'왜 이런 내용을 글쓰기 책에 적는 걸까?' 의문이 가는 독자분들이 있을 것이다. 그건 바로 확언 효과의 힘을 알기 때문이다. 필자는 이 책을 통해 '달인의 글쓰기'로 가겠다고 공언했다. 약속은 지키기 위해 있는 것이다. 그래서 더 열심히 글을 쓰고 책을 낼 수밖에 없게 된다.

때론 쉽지 않은 결과를 설정해 두고 해야만 하는 환경을 조성해 줄 필요가 있다. 달인이 되겠다고 했으니 앞으로 최소한 이번 글쓰기 책을 제외하고 27권의 책을 더 출간해야 한다. 그것 자체로 가슴이 벅차오른다.

불과 10년 전까지만 해도 이렇게 글쓰기를 좋아하게 될 줄 몰랐다. 책을 쓰는 것에 이렇게 큰 보람을 느끼게 될지 몰랐다. 사람 일은 알 수가 없다. 글쓰기를 시작한 당신도 달인이 될지 모른다. 늘 기대하는 마음으로 글쓰기를 해 보자. 내가 쓴 글로 감동받는 사람들을 만나면 글쓰기를 사랑하게 될지 모른다.

05 전설의 글쓰기

필자가 생각하는 글쓰기의 전설은 『백년을 살아보니』를 쓰신 김형석 작가님이다. 약 130여 권의 책을 출간하셨다. 매년 한 권 이상의 책을 집필하신 것이다. 전설이라는 칭호를 쓰려면 보통 경력이 50년 정도를 본다. 김형석 작가님의 첫 책이 확인 가능한 시점이 1971년 4월 1일이다.

필자가 꿈꾸는 칭호도 전설적인 작가다. 한 해에 한 권씩 출간을 이어 가다 보면 충분히 달성 가능한 호칭이다. 김영옥, 나문희 배우를 보면서 '참 멋지시다!'란 생각을 했다. "연기가 내 삶이에요"란 표현이 참 아름다웠다.

후에 두 분의 나이쯤 되면 "글쓰기가 제 삶이에요"라고 표현할 수 있는 작가가 되고 싶다. 전설이 되는 방법도 달인이 되는 방법과 크게 다르지 않다. 꾸준히 글을 쓰고 작품을 남기는 것으로 가능하다.

자신의 자리에서 최선을 다해 열심을 낼 때 결과물을 낼 수 있다고 믿는다. 글쓰기는 계속 할수록 실력이 늘어나는 분야다. 내 글이 '왜 이

것밖에 표현이 안 될까?'란 생각이 든다면 글쓰기를 한 총량이 부족한 것이다.

묵묵히 글 쓰는 하루하루를 보내자. 하루, 이틀, 사흘, 1년, 2년, 10년이 지나 결국엔 전설의 경지에 오르게 된다. 이 글을 쓰는 필자도, 읽는 여러분도 전설의 글쓰기 경지에 오르기를 바라 본다.

06 감정을 담은 글쓰기

글쓰기를 연습할 때 감정을 담는 연습을 해야 한다. 생각이 담긴 글에 감정까지 실리면 글은 생동감이 커진다. 생동감이 느껴지는 글은 독자의 공감을 자아낼 수 있다.

그렇다면 가장 공감이 가는 글은 어떤 글일까? 바로 저자의 생각과 감정이 자세히 느껴지도록 작성된 글이다. 지루한 책을 꼽아 보면 떠오르는 책이 있다. 대체로 '개념 정의' 위주의 책이 생각난다.

감정을 표현해야 한다는 정답은 알겠는데 글쓰기로 구현해 내는 건 어렵다. 그럼 어떻게 하면 좋을까? 생각과 감정을 표현해 보는 연습을 하는 것이다.

가족과 여행을 간다고 가정해 보자.

평소에 가족들과 함께 보내지 못해서 이런 시간을 가지고 싶었다. (생각 묘사)
해운대 바닷가에 와서 가족들과 함께 시간을 보내니 (사실 묘사)

푸른 바다가 시원한 소리를 내면서 다가오고 따스한 햇살이 나를 반겨 줘서 너무 행복하다. (감정 표현)

가족과 함께 해운대 바닷가에 여행을 왔다. 그때의 감정을 글로 표현해 보는 것이다.

"해운대 바닷가에 가족들과 함께 가니 좋았다"보다 훨씬 더 사실적인 감정을 느낄 수 있다.

글은 한계가 없다. 은유적 표현도 가능하고 가공할 만한 상상력을 가져올 수도 있다. 공기가 필요한 우주의 환경을 가져와서 그곳을 걷는다는 표현도 가능하다.

예를 들어 보자. "상상을 해 봤다. 광활한 우주를 활기차게 뛰어다니는 내 모습을 말이다. 무엇이든 할 수 있었다. 마음만 먹으면 어디든 갈 수 있었다. 그런 자유로움이 좋았다"라고 적으면 이미 우주를 다녀온 게 된다.

글은 가상의 공간도 다녀오게 할 수 있는 힘이 있다. 감정표현도 마찬가지다. 글로 표현할 수 있는 감정은 '좋다', '나쁘다', '기쁘다', '괴롭다' 수준의 간단한 단어가 아니다.

여기에 색감, 느낌 등 다양한 요소를 첨가할 수 있다. 사실적인 표현도 좋고 은유적인 표현도 좋다. 스스로의 감정을 잘 표현할 수 있는 방법을 익혀서 사용해 보자. 결국 감정 표현도 연습의 영역이다.

어떤 생각을 하는지를 잘 표현하는 연습도 필요하다. 거기에 +α로 감정 표현까지 더해 주면 훨씬 더 풍성한 글을 쓸 수 있다.

07 일기로 시작하는 초보의 글쓰기

글쓰기르 시작하는 초보의 글쓰기 때는 먼저 일기로 글쓰기에 적응하는 기간이 필요하다. 어린 시절 초등학교를 다니면서 매일 일기를 쓴 경험들이 있을 것이다. 그래서 글쓰기를 할 때 가장 편하게 할 수 있는 방법이 일기를 쓰는 것이다.

일기를 매일 쓰면 글쓰기를 어떻게 해야 하는지를 익힐 수 있다. 일기는 매일 새로운 일들이 내 삶에 일어나기 때문에 늘 내용이 다르다. 그래서 글쓰기를 할 때 경험하는 글감을 찾는 어려움을 느끼지 않고 글쓰기 연습을 할 수 있다.

일기를 쓸 때는 하루를 아침부터 저녁까지로 나눠서 모든 일정을 쓰는 방법과, 하루 중 기억에 남는 에피소드를 적는 방법이 있다. 처음에는 모든 일정을 나열하는 방법으로 접근하는 게 좋고, 조금 익숙해지면 기억에 남는 에피소드를 적는 게 좋다.

전체 일정을 쓰게 되면 내용 중심의 글이 되기에 조금 지루해질 수 있다. 하지만, 초보의 글쓰기를 하는 기간 동안은 글쓰기 자체가 큰 피로감을 줄 수 있다. 그래서 편하게 글쓰기에 적응하는 시간이 필요하다.

이 기간이 지나고 나면 에피소드를 담아 글을 쓰면 좋다. 여기까지 익숙하게 할 수 있게 되면 그다음부터는 에피소드에 자신의 생각을 덧붙여 보자. 차근차근 미션을 완료하는 느낌과 함께 내 글의 실력이 좋아지는 걸 느낄 수 있다.

08 에피소드로 성장하는 중수의 글쓰기

초보의 글쓰기를 마스터하고 나면 중수의 글쓰기에 진입하게 된다. 중수가 되면 6하원칙과 기승전결에 맞게 글을 쓰는 연습을 하면 좋다. 한 편의 글을 내가 원하는 대로 쓸 수 있는 실력이 된 시기를 말한다.

좋은 글은 자신만의 생각을 독자가 공감할 수 있게 쓰는 글이다. 그러기 위해서는 내용의 구성이 탄탄해야 한다. 6하원칙도 없는 어중간한 글을 보면 읽는 사람의 집중력이 흐트러진다. 무슨 이야기를 하는지 명확하게 전달할 수 있어야 한다.

기승전결에 맞는 글을 써야 한다. 드라마를 볼 때도 발단-전개-위기-절정-결말의 순으로 진행이 된다. 이런 전개 없이 발단과 결과가 바로 진행이 되면 '이게 뭐지?'라는 생각을 할 수밖에 없게 된다. 그래서 글을 쓸 때 구조를 챙겨 보는 것이 필요하다.

중수의 글쓰기부터는 생각을 글로 옮기는 연습을 해야 한다. 그래서 매일 1편씩 글을 쓰는 시간이 필요하다. 하루 중 인상 깊었던 생각을 한 문장으로 정리해 놓고 저녁마다 글을 써 보자. 혹은 매일 아침 업무 시작 전 1시간 동안 생각을 표현하는 글쓰기를 연습해 보면 좋다.

글쓰기는 분명한 경험의 영역이다. 매일 글을 써야 한다. 매일 연습을 해야 한다. 혼자 글을 쓰고 남기는 것에서 보람을 느끼기 쉽지 않다면 블로그를 운영해 보자. 블로그는 약 1,000자 내외의 글을 쓰는 플랫폼이다.

여기에 내 생각을 매일 글로 남기면 알고리즘에 의해 나와 생각이 맞는 사람들에게 내 글이 읽히게 된다. 처음엔 0으로 시작하지만 계속하다 보면 소통을 할 수 있게 된다. 그 과정을 통해 다른 사람의 글도 읽게 되고 어떻게 하면 더 좋은 글을 쓸 수 있는지에 대한 방법을 익힐 수 있다.

중수의 글쓰기 시간이 생각보다 길어질 수 있다. 그래서 매일 연습해야 한다. 혼자보다는 함께하기를 권하고 싶다. 그래서 블로그 운영을 추천 드린다. 글쓰기 실력도 키울 수 있지만 21세기에 가장 필요한 영향력도 함께 키울 수 있다.

09 책 쓰기로 나아가는 고수의 글쓰기

연습의 시간을 매일 쌓아 가다 보면 한 단계 더 업그레이드 하고 싶은 마음이 생긴다. 바로 작가가 되고 싶은 마음이다. 내 생각을 정리한 책을 내고 싶은 마음이 생긴다. 이제 고수의 글쓰기를 할 준비가 된 것이다.

일기와 에피소드를 통해 단련된 글쓰기는 한 권의 책을 완성할 수 있는 수준으로 성장한다. '내가 책을 낸다니 너무 감사하고 행복해'라는 생각과 동시에 책을 준비할 수 있다.

책을 쓸 때는 먼저 주제를 정해야 한다. 어떤 분야의 책을 쓸지 고민하고 정해야 한다. 이때 대중성과 내가 쓸 수 있는 글의 접점을 잘 찾는 것이 중요하다. 지금 글쓰기 책을 출간하는 이유도 여기에 맞닿아 있다.

평소에 글쓰기를 좋아해서 수년간 해 오면서 느낀 점을 공유하면 글쓰기를 잘하고 싶은 분들에게 도움이 될 거라 생각한다. 또한 영향력이 그 어느 때보다 중요해진 21세기에 글쓰기 능력은 꼭 필요한 스킬이 되었다. 그래서 글쓰기라는 영역은 대중의 관심을 받을 수 있는 접점이 된다.

이렇게 책을 쓰려면 대중성에 맞닿는 주제를 찾는 노력을 해야 한다. 아무도 관심이 없는 책을 쓰면 무의미한 서적이 되고 만다. 공들여 쓴 책이 무의미해지면 그것만큼 가슴 아픈 일이 없지 않은가?

책을 쓸 때는 저자의 생각을 통해 독자가 감동할 수 있도록 스스로를 감동시키는 글을 써야 한다. 한 챕터를 완성했는데 나 스스로 감동이 되지 않는 글이라면 지우고 다시 써야 한다. 나를 감동시키지 못하는 글은 독자도 감동시키기 어렵다.

책을 쓴다는 것은 글쓰기에 익숙해진 상태일 가능성이 높다. 그래서 좋은 글을 매일 쓰면서 책의 내용을 채워 가면 된다. 또한 평소에 에피소드 글쓰기를 통해 모은 글감을 활용하면 좋다. 블로그에 쓴 포스팅이나 에피소드를 기록해 둔 것들을 가져와 책을 만드는 재료로 사용하면 된다.

200~300페이지의 책을 한 번에 쓴다는 건 쉬운 일이 아니다. 그래서 매일 쌓은 글을 활용해서 책을 만들면 좋다. 매일 글을 써 내려가다 보면 한 권의 책을 완성할 분량이 된다. 책을 한 권 출간하려면 분명히 적

정 분량의 글이 있어야 한다.

그래서 고수의 글쓰기는 한 권의 책을 출간하기까지의 과정에 대한 경험을 하는 시기다. 책을 출간해 보면 새로운 세계가 있음을 알게 된다. 바로 독자와의 소통이다. 내 책을 읽고 감동했다는 후기와 삶이 변했다는 말을 들으면 너무 보람 있고 행복하다.

10 다작을 출간하는 달인의 글쓰기

책을 출간하고 나면 당신은 작가라는 호칭을 얻게 된다. 글을 쓰는 사람이 된 것으로 삶에 많은 변화를 가져올 수 있다. 매사에 글감을 찾고 생각을 하게 된다. 덕분에 통찰력이 늘어난다. 글을 계속해서 쓰기에 작문력도 당연히 늘어난다.

첫 번째 책이 나오고 나면 달인의 글쓰기 단계로 진입하게 된다. 바로 다작 출간에 도전하는 것이다. 현재 나도 2권의 책을 출간했고, 이번 글쓰기 책이 출간되면 3권이 된다. 내가 생각하는 달인의 글쓰기는 30권 이상을 출간한 작가다.

한 권의 책이 300페이지라고 가정할 때 9,000페이지의 글을 작성한 사람이다. 9,000페이지를 썼다는 것은 9,000편의 글을 작성한 것과 같다. 30권의 책을 출간한 작가들은 그 깊이가 달라진다. 필자가 알고 있는 30여 권 이상의 작가들의 글을 읽으면 '이분이 글을 오랫동안 계속 쓴 분이구나'란 생각을 하게 된다.

그만큼 글에 깊이가 들어간다. 대부분의 작가들은 다독을 한다.

1,000권, 3,000권, 5,000권, 10,000권까지 읽은 작가들도 보았다. 베스트셀러 선배 작가님들이 한결같이 추천하는 말이 있다. 바로 '다독, 다작, 다상량'이다. 많이 읽고, 많이 쓰고, 많이 생각하라는 것이다. 글쓰기를 계속하다 보면 누구나 30편 이상의 책을 출간할 수 있게 된다.

1년에 2권씩 출간하면 15년이면 가능하다. 뭐 그리 먼 미래 같은 이야기를 하냐고 묻는 독자분들이 있을 것 같다. 그러면 가만히 지금부터 10년 전을 한번 떠올려 보라. 생각보다 생생한 기억이 나는 에피소드들이 여러 개 떠오를 것이다.

그렇다. 10년이라고 생각하면 너무 먼 거리 같지만 살아가다 보면 또 그렇게 긴 시간이 아닐 수 있다. 매일 꾸준히 글을 쓰는 것을 반복하면 누구나 30권 이상의 책을 출간하는 달인의 글쓰기를 정복할 수 있게 된다.

현재 필자도 이 달인의 글쓰기 단계를 뚫기 위해 노력하고 있다. 여러분도 함께 글쓰기의 즐거움과 책을 출간하는 과정을 통해 희열과 행복을 느끼며 글쓰기 라이프를 함께했으면 좋겠다.

100권 이상의 출간으로 가는 전설의 글쓰기

달인의 글쓰기를 완성하고 나면 이제 마지막 단계인 전설의 글쓰기 단계로 간다. 보통 전설이라고 불리는 분들은 배우계에서 대배우들을 떠올려 보면 쉽게 생각할 수 있다. 원로 배우님들을 보면 보통 60년 정도의 경력을 갖고 계신다.

얼마전 〈유퀴즈〉에 나온 김영옥, 나문희 배우님이 대표적이다. 전설이라 불려도 전혀 어색하지 않은 분들이다. 작가 중에서는 『백년을 살아보니』를 쓴 김형석 작가님이 계신다. 약 130여 권의 책을 출간하셨다.

100권의 책을 출간하려면 연에 두 권씩 출간한다고 할 때 약 50년이 걸린다. 요즘은 100세 시대이기에 이것도 충분히 가능하다고 본다. 매일 글을 쌓아 가면 내 경험상 평균 연에 2권의 책은 출간할 수 있다.

조금 무리하면 연에 4권도 가능하다. 글을 쓸수록 필력은 성장한다. 그래서 쓸 때마다 다음 책의 퀄리티가 더 좋아진다. 덕분에 한번 출간에 입문한 작가들이 2권, 3권, 10권으로 출간하는 책의 권수가 늘어나는 경우가 많다.

처음이 어려운 것이지 그다음은 처음 시작했던 것보다 훨씬 쉬워진다. 100권이라고 하면 그저 앞이 보이지 않는 것 같은 먼 미래같이 보인다. 그런데 100이란 숫자도 0부터 시작해 1, 2, 3 세어 가다 보면 언젠가는 만난다는 것을 우리는 안다.

그래서 초보의 글쓰기부터 시작한 여러분과 내가 함께 걸어가는 길이 되길 바란다. 달인의 글쓰기를 마무리할 때쯤 전설의 글쓰기를 시작한다고 알려 드리고 싶다. 이 책을 통해 글쓰기에 대해 친근해지고 연습을 통해 실력을 쌓아 베스트셀러 작가가 되는 필자와 여러분이 되었으면 한다.

Summary

필자에겐 꿈이 생겼다. 바로 한국의 데일 카네기다. 달성하기 쉽지 않은 꿈이 될 것이다. 허나, 100여 권의 책을 완성하는 순간이 오면 데일 카네기처럼 글로 누군가의 마음에 울림을 주고, 좋은 책으로 세상을 이롭게 하는 사람으로 살아갈 수 있지 않을까?

원대한 꿈을 꾸자. 그리고 하루에 할 수 있는 만큼의 크기를 쌓자. 최근 필자는 6포 챌린지를 진행하고 있다. 좋은 글을 매일 쓰는 습관이 좋은 책을 만든다.

좋은 책을 여러 권 출간한 작가가 베스트셀러, 나아가 스테디셀러를 쓰는 작가로 성장할 것이다. 여러분과 함께 좋은 글을 생산하는 작가로 성장해 가고 싶다.

맺음말

이 책을 통해 글쓰기를 하는 많은 분들이 도전 받았으면 좋겠다. '나도 할 수 있다'는 마음으로 도전하셨으면 좋겠다. 글쓰기는 사람을 성장하게 한다. 필자 또한 글쓰기를 통해 성장을 경험했다. 이 좋은 것을 나만 알고 있고 싶지 않았다.

매일 읽고, 매일 쓰는 좋은 습관을 체화하자. 그래서 사고력, 통찰력, 작문력, 공감력, 인내력을 키워 보자. 글쓰기가 주는 유익이 너무 많음을 느끼기에 힘써 "글쓰기에 힘써 보아요, 너무 유익해요"라고 말할 수 있다.

성장하고 싶어 하는 분들은 많다. 그런데 말과 행동이 다른 경우가 많았다. 매일 글쓰기를 실천하지 않으면서 좋은 글을 쓰고 싶어 하는 분들이 있었다. 최소한의 노력은 해야 한다. 매일 한 편의 글을 작성해 보자.

글쓰기를 통해 새로운 나를 만날 수 있다. 새롭게 만난 나와 함께 열심히 달려가 보자. 달리기를 열심히 하면 땀이 나고 상쾌한 기분이 들면서 엔도르핀이 돈다. 생각이 담긴 글을 열심히 써 내려가다 보면 달리기할 때와 같은 엔도르핀을 느낄 수 있다.

내가 글쓰기를 하면서 직접 경험한 것들을 위주로 책을 집필했다. 가장 공감이 되는 글은 작가가 직접 경험해 보고 느낀 점을 서술한 책이었다. 이 책을 읽는 독자분들에게 그런 책이 되었으면 좋겠다.

글쓰기를 하면서 배운 소중한 경험들을 함께 나누고 싶다. 그래서 글쓰기를 처음 시작하는 분에게 용기를 드리고 싶다. 글은 잘 쓰고 싶은데 마음대로 되지 않는 분들에게 쉬운 가이드북이 되었으면 좋겠다.

글쓰기에 대한 개념 정의나 용어, 문맥, 문장을 작성하는 방법에 대해 서술한 책은 시중에 많다. 이 책을 통해 어떻게 하면 글쓰기에 재미를 붙일 수 있는지 알게 되었으면 좋겠다. 아울러 여기까지 글을 읽어주신 독자님께 감사드린다.

당신이 글쓰기를 통해 기쁨과 행복 그리고 재미를 느끼게 되길 간절히 바라 본다.

위너노트

위너가 되는 글쓰기

초판 1쇄 발행 2024년 5월 1일

지은이 알파(최지훈)
펴낸이 이기봉
편집 좋은땅 편집팀
펴낸곳 도서출판 좋은땅
주소 서울특별시 마포구 양화로12길 26 지월드빌딩 (서교동 395-7)
전화 02)374-8616~7
팩스 02)374-8614
이메일 gworldbook@naver.com
홈페이지 www.g-world.co.kr

ISBN 979-11-388-3062-1 (03800)

• 가격은 뒤표지에 있습니다.

• 파본은 구입하신 서점에서 교환해 드립니다.